RÜCKFLUG GENEHMIGT!
(Es ene Ve`sooch wäät)

Lebensplaudereien und Anekdoten eines rheinischen Fluglotsen

von Dietmar Schmitz

Ein abwechslungsreicher Rückflug durch die ersten 50 Lebensjahre des Autors, der als Fluglotse im Kölner Tower die Verschmelzung von Privatleben und Beruf sichtlich geniesst. Die Erinnerungen werden schwerpunktmäßig jedoch auf die fröhlichen und humorvollen Lebensabschnitte beschränkt. Das Leben ist einfach zu kurz, um sich ständig zu grämen. *Es ene Ve`sooch wäät!*

Dietmar Schmitz, Jahrgang 1965, Fluglotse bei der Deutschen Flugsicherungs GmbH im Köln/Bonner Tower, legt in diesem Buch sein Erstlingswerk vor. Seine wirkliche Intention, sich einmal als Autor zu verwirklichen, findet man im Prolog dieses Büchleins.

Allen Menschen mit dem Nachnamen SCHMITZ gewidmet, aber ganz besonders unseren Eltern Anita und Hubert.

Bibliografische Informationen der Deutschen Nationalbibliothek:

Die Deutsche Nationalbibliothek verzeichnet diese Publikation in

der Deutschen Nationalbibliografie; detaillierte bibliografische

Daten sind im Internet über http// www.dnb.de abrufbar.

© 2014 Dietmar Schmitz

Herstellung und Verlag:
BoD – Books on Demand, Norderstedt

ISBN 978-3-7386-0043-8

INHALTSVERZEICHNIS

Prolog *(Loss jeht et)*	9
Glück gehabt *(Wat ene Duusel)*	13
Gürzenicher Urgestein *(Jüzzenich, meng Heimot)*	17
Schutzengel Emma	
(Et hätt nauch emme`joot jejange)	23
Der Mai ist gekommen *(De` Mai is jekumme)*	31
Medienrummel *(Nää, wat sin` me wischtisch)*	41
Rheinische Frohnatur *(Jeck op et Ringland)*	47
Berufsplanung *(Wat sull uss demm ens wädde)*	57
Ein Hahn mit Adleraugen *(De` Vuhl sid alles)*	63
Gefahr lauert überall *(Nu` Bekloppte)*	77
Prüfungsstress *(Unnötije Dress)*	99
Handball Allround *(Beklopp` op Handball)*	109
Ich kaufe nichts *(Maach Disch fott, isch will nühß)*	121
Feuerzangenbowle	
(Fierrovend-Ve`zäll vann de` Akademie)	135
Familie Schmitz *(De Schmitze)*	147
Nachwuchswerbebeauftragter	
(Jäck, de` Loodse fenge sull)	159
Dorfgeflüster *(Verdamp lang her)*	179
Englisch *(Leeve Kölsch kalle)*	193
Kontrollstelle Tor A *(Do laachste disch kapott)*	203
Das Leben genießen *(Loss me jätt Spaß hann)*	209
Deutsche Mundarten *(Schwaad no` de` Schnüss)*	215
Meeresrauschen	
(De` ahle Keal un` et jruße Wasse`)	221
Tower Köln *(Dat Floochhaave Törmsche)*	231
WAA- Nachbarschaft	
(Ratsch-jecke Uselle un Halvjehange)	247
Sammelsurium *(Ald wedde Krom un` Kwatsch)*	259
Zukunftspläne *(Ens luure wat kütt)*	277
Epilog *(Fott domett)*	285
Kölsch-Deutsch, Quellen	**289**

Anmerkung:
Als rheinischer Bursche versuche ich möglichst auch Kölsche Mundart in Schriftform zu übermitteln. Sollte mir dies nicht immer gelingen, so bitte ich um das Recht der dichterischen Freiheit *(Licentia poetica)*. Für einen Nicht-Rheinländer gibt es im Anhang die „Kölsch – Deutsch Übersetzung".
Eigennamen schreibe ich oft nach eigenem Gutdünken, also auch so, wie meine Vorfahren sie aussprachen (Bsp.: Magatsch`se Thomas = dem Magatsch sein Thomas).
Diese Erhebung in den Adelsstand lasse ich nur den Dürenern zukommen, andere Personen werden wie üblich angesprochen, um Verwirrungen zu vermeiden.
Damit der Leser ebenfalls kreativ werden kann, dürfen alle Zeichnungen in diesem Buch farbig ausgemalt werden. Die schönsten Kunstwerke werden prämiert! Verlockende wertvolle Sachpreise, wie Lutscher oder Salbei-Bonbons, erwarten die Sieger.
Weiterhin haben sich eventuelle grammatikalische Fehler oder überflüssige Leerzeichen eingeschmuggelt, die Sie bitte mittels Skalpell oder Locher sauber ausstanzen und in einem ausreichend frankierten Kuvert an mich senden. Die Schnipsel werde ich entweder im Metall-Postfach eines extrem nervigen Kollegen entsorgen oder mittels Konfettikanone im nächsten Gürzenicher Rosenmontagszug verteilen. Ein neues Buch erhalten Sie über die bekannten Vertriebswege.
Kritik nehme ich gerne an!
Es ene Ve`sooch wäät, kütt ävver zo spät!

Prolog *(Loss jeht et)*

Welchen Sinn hat unser vergängliches Leben eigentlich, wenn wir hier auf Erden keine „Spuren" hinterlassen? Interessante These, die mir schon des Öfteren durch mein Köpfchen schwirrte.
Sollten wir, zum Entsetzen einiger Mitbürger, tatsächlich ca. 90 Jahre alt werden, so existiert man vielleicht noch in so manchen Gedächtnissen der zwei bis drei nachfolgenden Generationen; die Erinnerung an unser vergangenes Dasein aber verblasst schneller, als der dazu gehörige verrottete Grabstein.
Also los Schmitz ... Spuren hinterlassen!
Mal sehen: Baum pflanzen, Sohn (und hübsche Tochter) zeugen, Haus bauen, einen tollen Beruf erlernen und ausüben .... alles erledigt, also abhaken.
Für diese Leistung benennt niemand ein Stadtviertel, einen Kreisverkehr oder eine mickrige Straße nach mir.
Spuren über Generationen hinweg zu hinterlassen, ist nicht so einfach. Außerdem bestehe ich darauf, dass es „positive Spuren der Erinnerung" sind. Adolf Hitler und Osama Bin Laden bleiben noch Jahrhunderte lang bekannt, aber diesen Ruhm strebe ich nicht an. Es ist leider auch sehr unwahrscheinlich, dass ich zum Wohle der Menschheit innerhalb meiner verbleibenden Jahre noch eine sensationelle naturwissenschaftliche Entdeckung machen

werde; hierzu bin ich wahrscheinlich zu faul, untalentiert oder auch zu blöd. Tatsächlich gab es in meinem bisherigen Leben immer wieder Phasen der Begeisterung, die mich motivierten, viel Zeit für und in etwas zu investieren; etwas, dass mir einfach Spaß machte!
Im Augenblick macht es mir einfach Spaß, die für mich schönen und erinnerungswürdigen Seiten meines bisherigen Lebens aufzuschreiben. Auch auf diesem Wege werde ich nicht „Spuren" über einen langen Zeitraum hinterlassen und somit über viele Generationen im Gespräch bleiben, aber sollte ich einmal der Demenz, Alzheimer oder ähnlichen schrecklichen, neurologischen Krankheiten erliegen, so kann ich mich hoffentlich an meinen eigenen Zeilen erfreuen. Also reiner Selbstzweck und nur zweitrangiger Narzissmus.
Da ich 2015 meinen 50ten Geburtstag feiern werde, mache ich mir zugleich mit diesen Erinnerungen noch mein eigenes Geschenk. Zudem nutze ich die Gelegenheit um klarzustellen, dass ich einen Organspendeausweis besitze und auch zu den Konsequenzen stehe. Der nicht benötigte sterbliche Rest soll nach meinem Ableben dann eingeäschert werden. Dies jedoch bitte alles erst, wenn mein Gehirntod einwandfrei festgestellt wurde (bitte nicht auf Freunde und Arbeitskollegen hören, die behaupten nämlich, dass sei jetzt schon der Fall). Anstatt einer Predigt können Sie gerne aus diesem Büchlein

vorlesen und nach der Urnenbeisetzung erwarte ich eine fröhliche Party (Funk und Soul) und keine heuchlerischen Trauergesichter. Meine Gedenktafel bitte mit einem QR-Code ausstatten, damit jeder, der Interesse hat, auf der dazugehörigen Internetseite meine vorbereitete Multimediashow aufrufen kann. Hiermit bitte ich Bestatter Birkehoven`se Knacky und Steinmetz Weiler`se Uwe, dies an ihre Nachfolger weiterzugeben; natürlich werde ich noch sehr lange unter den Lebenden weilen! Vielleicht haben Sie Spaß an den kommenden Kapiteln, es würde mich sehr erfreuen.

12

Glück Gehabt *(Wat ene Duusel)*

Ich bin ein absolutes Glückskind!
Klar gibt es immer wieder Lebensabschnitte, die nicht so prickelnd waren. Schlechte Klausuren auf dem Gymnasium am Wirteltor, Bewerbungsabsagen, verlorene Handballspiele, unglückliche Verliebtheit, verkorkste Ehe mit den entsprechenden teuren Scheidungsmodalitäten und so weiter.
Jammern einstellen, aufstehen, Dreck abschütteln und positiv voran! Kann Selbstmitleid überhaupt nicht mehr ertragen, darum „*fott domett*". Macht nur Stress und Magengeschwüre.
Also noch einmal :
Ich bin ein absolutes Glückskind. **Nicht**, weil ich wohl erzogene, freundliche und einfach tolle Kinder (Tim, Laura und Chiara) habe; **nicht**, weil ich einen gut bezahlten und interessanten Beruf habe; **nicht**, weil ich viele liebenswerte Freunde und Arbeitskollegen habe. Dies sind alles Faktoren, die durch gute Erziehung, Fleiß und respektvollen, freundlichen Umgang mit den Mitmenschen beeinflussbar sind.
Die Faktoren, die ich nicht beeinflussen kann, sind enorm wichtig. Dinge, die man sich nicht aussuchen kann, weil man (glücklicherweise) hinein geboren wurde: Eltern, Friedenszeit, Geburtsland und soziales Umfeld.
Mit Hubert und Anita Schmitz haben meine beiden Brüder und ich das große Los gezogen;

mehr dazu später. Wir Brüder mussten nie die Auswirkungen eines Weltkrieges kennen lernen und unsere Kinder und Kindeskinder hoffentlich auch niemals. Deutschland ist ein schönes und wohlhabendes Land. Unsere Voreifel-Region hat wunderbare abwechslungsreiche Landschaften zu bieten, man muss nur auf Entdeckungstour gehen.
Sollten immer nörgelnde Pessimisten hier ganz anderer Meinung sein, so empfehle ich Reisen in andere Länder. Selbst im Kalifornien-Urlaub musste ich erkennen, dass Deutschland im kulturellen Bereich, in der Bildung, im Gesundheitssystem und noch einigen anderen Punkten das bessere Paket zu bieten hat. Eine andere schöne Erfahrung ist es, wenn man eine Woche mit mehreren anderen Personen auf einem kleinen Segelboot reist und übernachtet. Extrem enger Raum und in die Pump-Toilette darf nur, was auch verspeist wurde, also auch kein Toilettenpapier. Wieder daheim wirkt selbst das kleinste Badezimmer mit Dusche sehr royal. Somit standen bei meiner Geburt alle Grundvoraussetzungen unter einem Glücksstern. Leider erblickte ich das Licht der Welt erst einmal nur sehr kurz. Ich war eine Hausgeburt und eine Hebamme begleitete meine Eltern durch die Entbindung. Da schon viele Monate vor meinem Geburtsjahr 1965 zahlreiche „Contergan-Kinder" behindert zur Welt kamen und ich nun mit einem angelegten Arm (linker Ober- und Unterarm aneinander

geklemmt) zum ersten Mal an der frischen Luft war, vermutete die Hebamme eine Missbildung meines Armes und warf sofort ein Tuch über mich. Na schönen Dank. Mein Papa untersuchte jedoch noch einmal seinen zweiten Sohn und gab dann Entwarnung. Sag ich doch: Ich bin ein Glückskind!

Nach gründlicher Untersuchung, doch alles vorhanden!

16

Gürzenicher Urgestein
(Jüzzenich, meng Heimot)

Wann ist man ein echter Gürzenicher? Natürlich erst, wenn man in den Trierbach gefallen ist. Ergo bin ich absolut *ene Jüzzenicher Jong,* da ich als Kind beim Spielen mehrmals der Länge nach im Bachbett landete.
Über das traditionelle Fleckchen Gürzenich, das seit vielen Jahren ein Stadtteil von Düren in NRW ist, brauche ich im Prinzip gar nicht im Detail zu berichten. Die Geschichte meines Geburtsortes, der weiterhin der Lebensmittelpunkt meiner Familie ist, kann ausführlich in den zahlreichen Schriften unseres Heimatbundes erforscht werden. Über You Tube erhält man, genauso wie unter Wikipedia, unter der Suchanfrage „Düren-Gürzenich" viele tolle Infos.
Mein seit den Kindergarten-Tagen ältester Freund, Kirschgen`se Thomas (genannt Kiddel), hat ebenfalls sehr amüsante Details über Gürzenich in seinem tollen Buch *„Dat dehdet och"* aufgelistet.
Also kaufen!
Im Kölner Umland gebe ich immer gerne damit an, dass Kölns berühmtester Saal, der Kölner Gürzenich, seine Ursprünge bei unseren Vorfahren zu suchen hat, die dieses Urgebäude erbauten.
Irgendwie bin ich immer an Gürzenich kleben geblieben. Obwohl ich vier Jahre in Budel/NL

bei der Bundeswehr verbrachte, knapp drei Jahre meines Lebens, für zwei Ausbildungen im Flugsicherungsbereich, in Langen/Hessen wohnte, über zwei Jahre im Radar-Center und im Tower in Düsseldorf (der verbotenen Stadt) zauberte und seit 1994 im Kölner Tower arbeite, habe ich dem schnuckeligen Dürener Stadtteil, der als Tor zur Eifel gilt, nie ganz den Rücken zugekehrt. Die knappe 5.500-Seelen-Gemeinde ist immer meine Heimat geblieben und ich denke, so bleibt es auch.
Der Ur-Gürzenicher steht zu seinem Dialekt, er kallt Platt! *Menge Papp hätt dat jemaat un` menge Bröder un` ich donn dat och!*
Auch Mama Anita kann dies, jedoch brachte sie uns damals stets bei, sich doch „gewählt hochdeutsch" auszudrücken. Unterstützt wurde sie dabei von unseren Schullehrern/-innen. Eigentlich ist es jedoch allgemein bekannt, dass der liebe Gott beim Verteilen der Mundarten ganz einfach das Rheinland vergessen hatte. Schließlich beschloss er: *„Dann sulle die halt su kalle wie isch, basta!"* Spätestens wenn man einem ortsansässigen Verein angehörte, wurde hier ordentlich Salz in die muttersprachliche Wunde gestreut. Der Karnevalsverein „Die KG *Jüzzenije Plüme*", die Handball-Abteilung des Gürzenicher Turnvereins 1881, die Schützenbruderschaft der Sankt Hubertus Schützen Gürzenich und besonders die Maigesellschaft Gürzenich pflegten liebevoll dieses sprachliche Brauchtum! Ich war in jedem

dieser Vereine Mitglied, zudem viele Jahre Messdiener in unserer Pfarre St. Johannes und ich sang im Jugendchor. Zwischendurch betreute ich diverse Handball-Kindermannschaften und leitete mit Nork`se Frank eine Jugendgruppe im Gürzenicher Jugendheim (meinem zweiten Zuhause in der Jugendzeit). Somit blieb logischer Weise leider wenig Zeit für ein gepflegtes Hochdeutsch, geschweige denn für Hausaufgaben.
Schon in der Grundschule waren die Parallelklassen nach Kindern aus dem Oberdorf und dem Unterdorf eingeteilt. Eine unsichtbare Linie trennte die Gemeinde ungefähr auf Höhe der damaligen Grund- und Hauptschule auf einer Nord-Süd-Achse. Westlich dieser Trennlinie wohnten fast alle meine Freunde und meine Familie. Wir Grundschul-Kumpels kickten gemeinsam Fußball, spielten Hockey auf Rollschuhen oder im Winter Eishockey auf unseren geliebten Weihern im Schillingspark. Im Bach fingen wir allerhand kleine Fische und ähnliches Getier, welches wir anfänglich unwissend komplett grillten und für eklig befanden. Wir bauten Staudämme, pafften heimlich Zigaretten und spielten Flaschen Drehen mit den gleichaltrigen Mädels aus den benachbarten Straßen. Später bastelten wir an unseren Mofas und dann an den ersten eigenen Autos. Bruder Volker, die Kumpel Löhrer`se Georg und Heiden`se Franz-Jupp waren die Fahrzeugspezialisten. So manches verbotene

Ritzel am Moped oder tiefergelegte Equipment am Auto musste vor der Polizei versteckt werden. Den ganzen Sommer über präsentierten wir am Gürzenicher Badesee unsere durchtrainierten männlichen Körper und wollten das hübsche gleichaltrige Weibsvolk anlocken und verzaubern. Gelang nur den Mutigen unter uns; ich war zu schüchtern und anfänglich viel zu schmächtig. Letzteres hat sich heute jedoch gewichtsmäßig geändert, leider.

„Määädels, ich bin bereit für Euch!"

Irgendwie war immer was los im Gürzenich der 70er und 80er Jahre des letzten Jahrtausends. Geburtstags-Partys wurden groß gefeiert und die eingeladenen Gäste brauchten keinen Facebook Account oder Smartphones, um sich zu unterhalten. Jedes Silvester wurde von einem Organisationsteam durchgeplant, die Partys waren legendär. Manchmal kamen wir einfach auf verrückte Ideen und verwirklichten diese. Frühstücken in Paris oder Pommes essen an der Nordsee? Kein Problem, dann wurde halt die Nacht durchgefahren.
Wurde auf Partys Alkohol konsumiert, so war Bier unser Lieblingsgetränk und nur selten die ganz harten Sachen.
In den letzten 20 Jahren hat sich Gürzenich sehr verändert. Es wurde sehr viel verbaut, viele neue Bürger zogen her. Die Vereine leiden unter permanentem Nachwuchsmangel, da der Computer die Kiddies in seinen Bann zieht. Alles scheint steriler und anonymer. Aber Bemühungen der Vereine werden sichtbar. Seit 2014 steuert z.B. der traditionelle St. Hubertus Schützenverein mittels einer neuen SoftAir-Videoschießanlage, dem verstaubten Image entgegen. Beim Videoschießen werden mittels eines Beamers verschiedene Ziele auf eine Papierleinwand projiziert. Die Kugeln der SoftAir Waffe durchschlagen das Papier und über vier Mikrofone wird der Treffer bis auf 1/10 mm genau ermittelt, an den PC weitergeleitet und ausgewertet. Alle Vereine sollten sich etwas

zeitgemäßes einfallen lassen und vielleicht schafft man wieder den Wandel zu gemeinschaftlichen Werten.
Et es ene Ve`sooch wäät!

Schutzengel Emma
(*Et hätt nauch emme` joot jejange*)

Mama und Papa hatten mit ihren drei wilden Jungs allerhand Arbeit. Volker erlernte nach seiner Schulzeit den Beruf des Landwirtschaftsmechanikers, Winni wurde erst einmal Energieanlagenelektroniker und hat heute eine eigene Firma im Entsorgungsbereich umweltschädigender Baumaterialien. Ich bin das Sandwichkind und sollte die Familie auf dem Gymnasium vertreten; Berufswunsch? Keine Ahnung!
Als Volker, Winni und ich im besten Teenager-Alter waren, mussten jeden Morgen Unmengen von Frühstücksbroten geschmiert werden. Tägliches Mittag- und Abendessen für die Meute zu bereiten, erforderte Mutter Anitas vollen Einsatz. Hiermit bedanken wir uns offiziell noch einmal für die Berglandschaften aus gebügelter Wäsche, die tonnenschweren Lebensmitteleinkäufe, die zeitzehrenden Hausaufgabenunterstützungen und noch vieles mehr!
Papa und Mama hielten immer ihre schützenden Hände über uns, doch die beiden konnten nicht überall sein. Als ich acht Jahre alt war, wetteiferten Volker und ich am 05.12. gegen 20 Uhr, ob denn der Nikolaus schon etwas in die bereitgestellten Stiefel gesteckt hatte. Unsere Eltern waren übrigens nach vielen Jahren zum ersten Mal abends in der

naheliegenden Gaststätte bei einer geselligen Feier eingeladen und riskierten es, uns drei (nach einem entsprechenden Briefing) für wenige Stunden allein daheim zu lassen. Um meinen älteren Bruder auf dem Weg zu den Nikolaus-Stiefeln nun zu „überholen", wählte ich die kürzere Route durch das Wohnzimmer, stolperte und stürzte durch die Zimmer-Glastür. Mein linker Unterarm war knapp 15 cm aufgeschlitzt, die Schlagader angeritzt. Ich blutete das halbe Haus voll, Volker band mir heulend ein Handtuch um den Arm und benachrichtigte unsere Nachbarin Tante Anneliese (die Schwester unseres Papas). Geschockte Eltern, Krankenwagenfahrt und später eine coole lange Narbe! War noch einmal gut gegangen. Da hatte ich wohl einen Schutzengel. Habe sehr viel später beschlossen, diesen Engel „Emma" zu nennen, denn so hieß damals Volkers Lieblingskuh beim Bauer Heiden.

Engel Emma musste in den kommenden 40 Jahren des Öfteren einschreiten. In der ersten Zeit wurde Emma an meine Brüder ausgeliehen. Winni stürzte als Kind in einer Handballhalle vom knapp 4 m hohen Zuschauerbereich in die Tiefe und fand es Wochen später wohl noch lustig, einige Meter an der Stauuferbefestigung in Schwammenauel abzurutschen. Papa Hubert hatte in beiden Fällen alle Hände voll zu tun, seinen jüngsten Spross zu retten.

Volker verhedderte sich einmal in rostigem Stacheldraht und wurde anschließend daheim von Mama mit schöner Jod-Tinktur behandelt. Seine Schmerzensschreie waren in der ganzen Zehntgasse (heute Trierbachweg) zu hören. *Jood deet halt jooht!* Die gründliche Behandlung verhinderte einen Tetanus-Infekt, Glück gehabt.
Jetzt aber brauchte ich Emma wieder. Während der Bundeswehrzeit in Budel/NL benutzte ich häufig mein Motorrad für die Pendelei zwischen Gürzenich und der Leegerplaats-Budel-Kaserne. Bei einem Überholmanöver auf der Maas-Brücke gingen ein 10er Stahlnagel und mein Hinterreifen eine Symbiose ein. Bei Tempo 100 einen plötzlichen Plattfuß zu haben, während man einen langen Sattelschlepper überholt, war nicht sehr prickelnd. Der LKW-Fahrer war wohl von Emma inspiriert worden und latschte voll auf die Bremse, während ich knapp vor ihm dahinschlingerte und überlebte. Einige Jahre später, ich war soeben auf der Heimfahrt von der Flugsicherungsakademie in Langen, machte mich Emma im Rückspiegel darauf aufmerksam, dass mein hinterer linker Reifen lichterloh brannte. Auch hier schaffte ich es sicher auf den Randstreifen.
Im gleichen Quartal arbeiteten Papa und ich am Rohbau meines heutigen Hauses. Ein ca. 300 kg schwerer Stahlträger musste seine Funktion als Mauersturz über der zukünftigen Küchenzwischentür einnehmen und sollte in

3 m Höhe platziert werden. Einige Arbeitskollegen von Winni wollten am Spätnachmittag helfen kommen. Paps und ich bauten aus Mauersteinen ein Stufengestell, damit der Träger etappenweise in die Höhe gehievt werden konnte. Jedoch, schon vorher sehr ungeduldig, heben wir beide den Träger probehalber einmal ein paar Stufen an; klappte hervorragend, obwohl wir nur zu zweit waren! Die letzte Ebene war schließlich der Weg zwischen Obergerüst und Mauerauflage, bei der wir zwei Wahnsinnigen den schweren Stahl-Burschen dann nur noch einen Meter hoch stemmen mussten. Auf der Zielgeraden stürzte plötzlich unsere komplette Gerüstkonstruktion ein, der Träger und wir klatschten auf den Betonboden. Meine Rückenhaut war ordentlich aufgerissen und blutete, mein Vater jedoch wäre fast erschlagen worden. 5 cm neben seiner Landestelle hat das Trägerende den Betonboden ordentlich aufplatzen lassen. Der Kopf meines Vaters wäre fast das Ziel gewesen. Danke Emma!
Man kann sich nicht immer auf seinen Schutzengel verlassen. Der gefährlichste Teil an meinem Job ist die tägliche Autobahnfahrerei zwischen Wohnort und Arbeitsplatz Flughafen Köln/Bonn. Kaum zu glauben, wie vielen unfähigen Straßenverkehrsteilnehmern ich oft auf diesen insgesamt 130 km begegne. Mein Fahrlehrer Schmitz'se Leo predigte schon 1984:
„Em Stroßeverkier moss me emme mett de

Fählere de` Angere rächne!" Zweimal ist mir beim Stop-and-Go-Fahren an Staustellen hinten ein Fahrzeug aufgefahren; davon einmal ungebremst mit 80 km/h. Diesmal saßen Chiara und Tim hinten drin, doch niemand wurde verletzt. Also fahren Sie bitte umsichtig und halten Sie sich von Schwachmaten fern.
Emmas mir bekannter letzter große Einsatz zum Schutz des lieben Dietmar war am Sonntag dem 27.08.2006. An diesem Wochenende war ich für die Deutsche Flugsicherung DFS in meiner Sonderfunktion als Nachwuchswerbebeauftragter unterwegs. Beim zweitägigen Flughafenfest im benachbarten Bonn Hangelar wurde eine große Flugschau und kirmesähnliche Atmosphäre auf einem ca. 1 km langen Areal geboten. Mittendrin hatte uns die DFS ein großes Partyzelt mit unserem mobilen Tower-Simulator aufgebaut.
Gegen 16 Uhr des zweiten Tages verdunkelte sich der Himmel schlagartig, die Menschenmassen flüchteten in die Zelte. Ein heftiges örtliches Gewitter mit hunderten von Blitzen ergoss sich über der Menge. Ein Blitz erledigte den Simulator und in unserem dunklen DFS Zelt standen ca. 150 ängstliche Besucher aneinander gekuschelt. Außerhalb des Zeltes hätte man sich in der Szenerie eines Hollywood-Katastrophenfilm befunden. So etwas habe ich noch nie gesehen; zig Blitze entluden sich in unmittelbarer Nähe senkrecht in der Erde. Im Zelt fingen erwachsene Menschen an zu beten

und heulten. Um die Situation zu entspannen, verteilte ich erst einmal einen großen Karton mit Gummibärchen und Schokolade (wozu hat man denn Werbegeschenke). Tatsächlich konnte ich einige Leute zum Lachen bringen, obwohl auch mir sehr mulmig war. Nach wenigen Minuten verschwand das Gewitter. Es wurden mehr als 10.000 Menschen vom Gelände evakuiert, die Rettungskräfte waren im Großeinsatz. Es gab 19 Schwerverletzte, von denen später zwei starben. Die meisten Verletzten waren in dem Bereich um ein benachbartes großes VIP-Zelt, in das ich 30 min vor dem Gewitter eingeladen war. Da jedoch so viele Besucher bei der Air Show waren, beschlossen meine drei Kollegen und ich, einen weiteren Simulationslauf einzuschieben. Eine gute Entscheidung! Tage später erreichte mich eine E-Mail von unserer Unternehmenszentrale in Langen: *„Da hatten sich doch einige Personen noch einmal ganz besonders bei dem Mitarbeiter der DFS bedanken wollen. Irgendein verrückter Lotse verteilt im größten Chaos erst einmal Süßigkeiten an das Volk. Das warst Du doch Schmitzi, oder?"* Wenn die wüssten, dass auch ich totalen Schiss hatte. Aber das bleibt unter uns!

••• *30*

Der Mai ist gekommen ...
(De` Mai is jekumme...)

Ein gesundes Feindbild hat noch niemandem geschadet. Hier sind keine Todfeinde, sondern eher die zu ärgernden Nachbarn erwähnt. Der Kölner lästert liebend gerne über den Düsseldorfer. Auch wir Tower-Lotsen haben „das böse Wort" (Düsseldorf) spaßeshalber immer vermieden und den Piloten dann eine Freigabe nach „Köln-Nord" oder die „Verbotene Stadt" gegeben. Hatte sich ein Pilot versprochen und uns mit Düsseldorf-Tower angesprochen, so wiesen wir ihn auf unseren plötzlichen Tinnitus hin, der nur durch ein heilendes „*dreemol Kölle Alaaf*" gelindert werden konnte. Als ich im September 2014 auf einer großen Berufsmesse in den Dortmunder Westfalenhallen einen ortsansässigen Jugendliche auf seine Frage: *„Kann man als Fluglotse später auch den Flughafen wechseln?",* Folgendes antwortete: *„Die Möglichkeit besteht. Bestes Beispiel dafür bin ich, denn bevor ich im Kölner Tower anfing, habe ich in der Verbotenen Stadt gearbeitet!",* so meinte der junge Mann dann erstaunt: *„Aber in Gelsenkirchen gibt es doch gar keinen internationalen Flughafen!"* Nun ja, der eingefleischte BVB-Fan hat natürlich ein königsblaues Feindbild!
Der Gürzenicher hat auch so ein gesundes Feindbild: Derichsweiler.

Dieser Nachbarort wird von uns auch liebevoll Hubertshausen *(de Hubääte)* genannt und die neckischen Reibereien zwischen den jeweiligen Maigesellschaften sind alte Tradition. Dazu später, denn erst einmal ein paar Sätze zur Tradition der Maibräuche.
Für Außenstehende wirkt das „Maigesellschaft Universum" oft befremdlich und erzeugt Verwirrung.
Ledige Gürzenicher Mädchen, im Alter zwischen 16 und 99 Jahre, werden von der Junggesellenversammlung hinter verschlossenen Türen versteigert. Der jeweilige Höchstbietende hat später das Recht, dieser Maibraut eine prächtig geschmückte Birke zu setzen und auf dem Maifest mit der holden Maid zu tanzen. Das klingt doch klasse, und tatsächlich sind die Mädchen total stolz auf ihren Liebesbeweis in Form eines Maibaumes oder -herzes.
Die Maigesellschaft Gürzenich muss sich jedes Jahr neu gründen. Gründungsversammlung, Vorstands- und Maipolizeiwahlen und natürlich die Versteigerung werden bei uns weit vor der Mainacht durchgeführt. Dadurch bleibt den Junggesellen reichlich Vorbereitungszeit für eine gelungene Mainacht. Die *Hubääte* dagegen ersteigern ihre Bräute in der Mainacht und setzen dementsprechend auch nur mickrige geschmückte Tannen (Weihnachten ist überall).
Zur Wahl eines Vorstandspostens habe ich mich

nie gestellt, denn ich blieb lieber beim fleißigen Fußvolk (*ene Maijong*). Meine Brüder waren jeweils Maipolizist (*Remmel*) und später dann Maikönig (*Maikönnisch*). Somit war gesichert, dass unsere arme Mutter in der Maifestzeit Unmengen von weißen Hemden waschen und bügeln musste. Wie schon angedeutet wurden am Versteigerungsabend alle ledigen Damen aus Gürzenich versteigert (*ussjekloppt*). Aus Datenschutzgründen kommt man leider nicht immer an die aktuellen Informationsdaten der jungen Damen, und somit waren die Listen meist nicht auf dem neusten Stand. Meine Kumpels und ich machten damals unsere ersten Erfahrungen mit der sozialen Marktwirtschaft. Angebot und Nachfrage trieben den Preis für eine holde Maid manchmal sehr hoch. Hatte ein Mädchen schon einen festen Freund, so war dieser natürlich gezwungen, seine Angebetete zu ersteigern. Koste es was es wolle ... sonst hängt der Haussegen schief. Sportlich wurde in Ein-DM-Schritten geboten und die erworbene Schönheit dann gerne teurer weiter verkauft oder stolz behalten. Manche ältere Damen waren jedoch Ladenhüter, halt ewige Jungfrauen. Die wanderten dann in ein Sammelpaket (*de Sack*), der zu guter Letzt schließlich komplett ersteigert wurde. In unserer Bierlaune (es gab reichlich Hopfenkaltschale) nahmen wir uns vor, dass diesmal wirklich jedes Mädel ersteigert wird. Also boten wir ohne nachzudenken mindestens eine Mark. Später

erfuhr ich von meiner Mutter, dass ich zwei Damen ersteigert hatte, die makabrer Weise schon seit mindestens zehn Jahren verstorben waren. Die Listen waren halt nicht ganz aktuell. Die Mainacht kam näher und viele Vorbereitungen mussten erledigt werden: Die ersteigerte Maibraut und deren Eltern fragen, ob ich eine Halterung (*de joode VA-Halterung*) am Haus anbringen und einen Maibaum setzen durfte. Ich erwähnte, dass ich damals dem anderen Geschlecht gegenüber eigentlich sehr schüchtern war. Bei meiner ersten Maibraut sollte ich meine Baum-Feuertaufe erhalten. Angela war knapp 2 Jahre älter, sehr klug und hübsch ... heute verheiratet, Mutter und erfolgreiche Radiomoderatorin. Über den Maibaum freute sie sich sehr, aber zum Maifest-Ball hatte sie mich nicht begleitet. Viele Jahre später interviewte mich ihr kleiner Sohn, als Kinderreporter für eine Radiosendung, im Kölner Tower zum Thema Fluglotse. Seine Mama Angela gestand mir, dass sie damals nicht mit zum Maiball kommen wollte, da sie nicht tanzen konnte. Ich Blödmann habe immer gedacht, sie kann mich nicht leiden.
Die Gürzenicher Maibirken gelten im Dürener Land übrigens als die prächtigsten aller Maibäume. Wenn ich in Düren bei meiner damaligen Freundin und späteren Ex-Ehefrau den Baum setzte, so war dieser schon ein absoluter Blickfang. Wir Jungs haben im Wald die schönsten 4 m Birkenkronen ausgesucht

(*ode`jeklaut*) und diese aufwendig mit handgemachten *Plümen und Röschen* geschmückt.
Am 30. April werden dann gemeinsam der große Dorfmai und der Baum der Maikönigin aufgesetzt. Hier müssen alle *Maijonge* mit anpacken und die prächtigen Bäume anhand unterschiedlicher Stangen (*Stickele*) auf Kommando des Vorsitzenden („*Hadder all Holz? Hebt an!*") stückweise anheben. Stand endlich der Baum, musste Orgeich`se Kurt (*genannt Forell*) oder Robens`se Manni den senkrechten Stamm hochkraxeln, damit die oberen Halteseile entknotet werden konnten. Das Mailied wurde geschmettert und langsam verliefen sich muntere Jungmännergruppen in die Mainacht, denn nun mussten bei den Angebeteten prächtige Bäume gesetzt werden. In den darauffolgenden Tagen erfuhr man auch von so manchen Streichen in der vergangenen Mainacht. Da waren die Haustüren grantiger Nachbarn mit Steinen zugebaut und unbewachte Maibäume geklaut worden. Einem jungen Mann, der seine innere weibliche Seite entdeckt hatte, setzte man auch einen Baum, der aber mit Tampons geschmückt war... ganz schön gemein.
Unser Herr Pastor erzählte erbost während der Messe, dass er Erotikheftchen in seinem Briefkasten gefunden hätte. Er war nicht erfreut. Hätte er geahnt, dass zwei der Übeltäter hinter ihm als Messdiener mit reuigem

Gesichtsausdruck beteten, so wäre er noch weniger erfreut gewesen. Nun gut, ist verjährt. Auch die *Hubääte* bekamen ihren Teil ab. Streiche gegen uns wurden gerne gerächt. Der junge Handwerkermeister Orgel`se Achim (Name geändert) erzählte mir von seinen Maistreichen im Nachbarort Derichsweiler. Da wurde am Tag vor dem feierlichen Maiumzug der Nachbargesellschaft deren Dorfmai (eine hohe, dünne, entrindete Tanne mit einer schnell geschmückten Krone) etwas „aufgepimpt". Der Baum wurde mit Weihnachtsgeschenken verschönert und ein selbst-aufblasbarer Nikolaus winkte dem dörflichen Umzug. Auch der Maiball der Nachbarn blieb ihm unvergesslich. Volltrunken klauten seine Freunde und Achim einen Auto-Scooter von der Kirmes. Während Achim fröhlich singend von seinen Kumpels schon einen knappen Kilometer auf dem Fahrradweg Richtung Gürzenich geschoben wurde, kam eine Polizeistreife. Die lieben Freunde verschwanden erst einmal, und unser Held saß noch immer angeheitert am Steuer des Scooters. Kurz und gut: Achims Führerschein wurde tatsächlich für einige Zeit einkassiert, da er mit einem für den Straßenverkehr nicht zugelassenem Fahrzeug auf einem öffentlichen Weg erwischt wurde, dazu noch betrunken.

Das *Jüzzenicher Maifest* wird immer an Pfingstwochenende gefeiert. Das große Festzelt auf dem Schützenplatz am Gürzenicher Wald ist stets gnadenlos voll, und die Meute feiert bis in die frühen Morgenstunden. Das im Mittelpunkt stehende Maikönigspaar hat meist ein großes und festlich gekleidetes Gefolge.
Am Pfingstmontag findet sich der harte Junggesellenkern trotz Schlafmangel zum „Gurkenfest" an der Waldschänke wieder ein. Der Ursprung und die Namensgebung dieses speziellen Frühschoppens scheinen daher zu kommen, dass früher wohl Gurken als gutes Mittel gegen einen Alkohol-Kater sein sollten;

diese Heilwirkung ist mir leider nicht bekannt. Nimmt ein Junggeselle zum ersten Mal an diesem Ritual teil, so muss er erst einmal den, vom Vorstand zubereiteten, „Gurkensaft" trinken. Eine Mixtur aus wirklichem Gurkensaft (also Essig), diversen hochprozentigen Alkoholleckereien und einigen Geheimzutaten. Im Mittelalter wäre man für die Zubereitung eines solchen Elixieres auf dem Scheiterhaufen verbrannt worden. Eine ungewollte Geheimzutat kam wie folgt zustande: Zander`se Michel (genannt Inspektor Zander) musste einmal bei der Zubereitung des Hexengebräues so lachen, dass sein oberes Gebissimplantat in den Sud fiel (Anm.: Michel passierte dies schon einmal, als er als Fahnenträger der Alpenbrüder-Schützen, nach einem Gähner während der heiligen Messe in unserer Kirche, den Ausreißer vom Kirchensteinboden aufsammeln musste.). Nun aber wurde mit einer Kelle geschickt diese Kauleiste wieder aus dem Topf entfernt und der Flüssigkeitsmix in diesem Jahr besonders gerne an die neuen Delinquenten verteilt.
Birekoven`se Markus hatte bei seinem Entjungferungstrunk leider mehrfach das Problem, das leckere Teufelsgebräu in seinem Körper zu behalten. Erst beim dritten Mal musste er sich nach der Rekordzeit von fünf Minuten erneut übergeben, doch die Jury zollte Respekt und hieß ihn im heiligen Bund willkommen. Das restliche Gurkenfest ist schnell erklärt. Bei reichlichem Bierkonsum, wird durch

geschicktes Pfeilwerfen auf eine Dartscheibe, der Gurkenkönig ermittelt. Die neue Majestät wird phantasievoll eingekleidet, auf einem Bollerwagenthron gesetzt und um das nächste Straßen-Karree gezogen. Eine musikalische Begleitung durch selbstgebaute Instrumente ist selbstverständlich. An diversen Haltepunkten, zum Beispiel beim Haus meiner Eltern, gibt es eine kleine alkoholische Stärkung.
Es gibt so viel über unser tolles Maifest, das „Nachfest" (Wald- und Wiesenfest) und das „Nachfest vom Nachfest" zu berichten. Dies sprengt hier den Rahmen. Lasst uns beim nächsten Gürzenicher Maifest einfach bei zehn Bier darüber reden. Pfingsten ist es wieder soweit!

Medienrummel
(Nää, watt sin` me wischtisch)

Was hätte man als Jugendlicher, damals in den 80ern, nicht alles angestellt, damit man im Radio zu hören oder auf einem der drei (!) Fernsehkanäle zu sehen war?! Erblickten wir eine TV-Kamera wurde sofort unsere Neugier geweckt. Der Festakt zum 100jährigen Vereinsjubiläum des Gürzenicher Turnvereins im Jahr 1981 wurde vom Radiosender WDR 5 im Saal Schulz mitgeschnitten. Drei Jugendliche sollten einen Text zusammenstellen, der die Vereinsgeschichte auflistete. Meine Freundinnen Gisela und Marion vertraten die Turner, ich die Handballer. Würde heute jemand noch einmal diese langweilig vorgetragene Geschichte hören, so wäre ein Wachkoma die Folge. Im neuen Jahrtausend hat die rasante Medienwelt ganz andere Dimensionen angenommen. Die Auswahl der vielen Radio- und Fernsehsender ist gigantisch. Begibt man sich am Wochenende in die Kölner Altstadt, so begegnet man sehr häufig den Medien-Scouts, die hungrig neue unverbrauchte Gesichter als Beute suchen. Auch ich wurde schon mehrfach angesprochen. Zum Beispiel:" *Möchtest Du bei Richterin Barbara Salami mitspielen?"* *„Nein Danke, dann setze ich mich lieber mit meinem nackten Hintern in einen Kaktus!"* Immer handelte es sich um nachmittägliche TV-Formate der Privatsender, die nach Aussage von Harald Schmidt „Minderheiten-Fernsehen" genannt wurden. Natürlich fanden in den letzten 20 Jahren im Flughafen Tower sehr oft Fernseh- und Radioaufnahmen statt. Als Jung-Lotse war auch ich erpicht darauf, hier mitzumischen. Ist nun auch sehr interessant, ein Interview zu einem luftfahrtspezifischen Thema zu geben oder bei „Der Sendung mit der Maus" im Bild zu erscheinen. Tatsächlich stumpft man mit den Jahren aber ab und überlässt gönnerhaft den jungen Kollegen das Feld. Meine medialen Höhepunkte, also die erinnerungswürdigen, sind Folgende: 2001 musste ein Interview mit der Deutschen Welle abgebrochen werden, weil zwei Flugzeuge in die Twin-Tower von New York rasten. Osama Bin Laden entsetzte die Welt. 2004 warf ich einen extrem dreisten RTL-Reporter, der zugleich auch Kameramann und Toningenieur in einer Person war, hochkantig aus der Dienststelle. Normalerweise wurde er von seinen Kunden wohl hofiert und er konnte rumpöbeln wie er wollte, aber hier müssen wir nebenbei auch noch Flugzeuge kontrollieren. 2011 filmte ein ZDF-Team der Sendung „Drehscheibe" zum Thema Vogelschlag. Towerlotse Schmitz wurde gefragt, was alles beim Zusammenstoß eines Luftfahrzeuges mit einem Vogelschwarm passieren kann. Wahrheitsgemäß schilderte ich diverse Szenarien, die nur selten ein Happy End versprachen. Anschließend meinte jedoch mein alter Freund und Pressesprecher Michael

Fuhrmann: *"Schmitzi, dat kannste so nicht bringen; wat de da erzählt hast war viel ze bloodisch. Dat is dat ZDF!"* Tatsächlich war ich mir keiner Schuld bewusst. Vorgehensweisen habe ich sachlich beschrieben und nicht ausgeschmückt. Bei einer Kindersendung hätte ich einiges verniedlicht; hier nicht. Zwei Tage später sah ich mir die Reportage an. Drei Stunden Filmerei im Tower waren auf neunzig Sekunden zusammengeschnitten. Im zweiten Take wurde dann der Flughafenförster mit seinem Dackel begleitet. In Großaufnahme sah man ein humpelndes Kaninchen, dass sofort von dem Dackel brutal erlegt wurde. *Jaanz schön bloodisch!*
Da wir gerade bei Medien und Berühmtheiten sind. Viele Freunde und Kollegen behaupten, wenn ich längere Haare hätte, dann hätte ich Ähnlichkeit mit Howard Carpendale, Gerard Depardieu oder Nick Nolte. Meine leicht angeknackste Handballer Nase mag hier unterstützend wirken. Ich persönlich sehe überhaupt keine Ähnlichkeit, bin aber schon einige Male auch von fremden Personen darauf angesprochen worden. Nun gut, besser als mit Karl Dall verwechselt zu werden. Ein etwas angetrunkener junger Gitarrist wollte, während einer Begegnung am Geldautomat, sogar ein Autogramm von mir und hielt einen schwarzen dicken Filzstift hin. Natürlich signierte ich seine Gitarre mit *"Du bist der Beste! In Liebe Howie!"* Arbeitskollegen spielten auf meinem vierzigsten

Geburtstag ein Carpendale-Medley und begrüßen mich in der Towerkanzel mit einem kräftigen *„Howie, sing uns einen!"*.
Mit Gerard Depardieu werde ich nicht mehr so gerne verglichen, da er a) extrem fett geworden ist, b) mal schnell vor der Steuer nach Russland flüchtete und c) gerne im Flugzeug auf den Gang pinkelt.

Trotzdem hat er tolle Filme gemacht. Arbeitskollege Charly und ich lieben „*Ruby und Quentin – Der Killer und die Klette (2003)*". Extrem witzig. Ich werde sehr oft auf der Arbeit als Quentin begrüßt, Charly, als Jean Reno Double, heißt Ruby. Aber noch einmal zurück zum beruflichen Umgang mit den Medien. Wir Fluglotsen sind in einer kleinen aber feinen Gewerkschaft (GdF) formiert, die unsere Interessen und Rechte gegenüber der DFS meist gut zu vertreten weiß. Gibt es extreme Reibungspunkte der Parteien, so kann es zu einer absolut seltenen Streikandrohung unsererseits kommen. Wohlgemerkt: es ist nur eine Androhung. Tatsächlich habe ich in meiner über 20jährigen Zugehörigkeit zur GdF mit meinen Kollegen noch nie gestreikt. Allein die Androhung einer Arbeitsniederlegung bringt viele Privatsender dazu, regelrechte Hetzkampagnen gegen uns zu formieren. Kollege Gono Kockers erhielt sogar eine anonyme Morddrohung. Die öffentlich-rechtlichen Sender behandeln eine solche gespannte Lage dagegen meist fair und objektiv.

46

Rheinische Frohnatur
(Jeck op et Ringland)

Mein Papa hatte schon immer eine gesunde Lebenseinstellung zu den manchmal merkwürdigen Ansichten seiner Mitmenschen. Wenn jemand sonderlich war oder nervte, dann sagte er des Öfteren: *„Man moss de Lück verschliehse wie se kumme!"*, also jeden so nehmen, wie er ist. Da habe ich noch einen Spruch drauf gesetzt: *„Wer misch nitt ligge kann iss selvs Schold!"* Der *„kölsche Dialekt"* gibt schwierigen Situationen einen liebenswürdigen und beschwingten Touch. Sprachwissenschaftler Georg Cornelissen, einer der profundesten Kenner des rheinischen Dialektes, kann z.B. erklären, warum der Rheinländer kein richtiges „sch" spricht und Schwierigkeiten mit dem Dativ hat. Tatsächlich wird nur der Akkusativ bevorzugt. Statt „mir und mich", wird nur noch „mich" verwendet. Na und?! Sogar Franz-Josef Antwerpes hatte es mit seiner Dativschwäche zum Regierungspräsidenten gebracht. Ergänzend zu den Veröffentlichungen von Professor Cornelissen, empfehle ich unbedingt die gesamte Konrad Beikircher Kollektion. Der gebürtige Tiroler ist dialektmäßig nicht von einem Rheinländer zu unterscheiden. Sogar den Aachener Dialekt (*Oecher Platt*) beherrscht er besser, als Ex-Ministerin Ulla Schmidt. Das Leben ist viel leichter, wenn man sich eine

gewisse „Gelassenheit" zulegt und bierernste Situationen intelligent und humorvoll meistert. Klare Hilfestellung bietet hier das Kölsche Grundgesetz mit seinen 11 Paragraphen.
Zur Erinnerung:
§ 1 Sieh den Tatsachen ins Auge.
Et es wie et es.
§ 2 Habe keine Angst vor der Zukunft.
Et kütt wie et kütt.
§ 3 Lerne aus der Vergangenheit.
Et hätt noch immer jot jejange.
§ 4 Jammere den Dingen nicht nach.
Wat fott es fott.
§ 5 Sei offen für Neuerungen.
Nix bliev wie et wor.
§ 6 Seid kritisch, wenn Neuerungen überhand nehmen.
Kenne mer nit, bruch mer nit, fott domett.
§ 7 Füge Dich in Dein Schicksal.
Wat wellste maache?
§ 8 Achte auf Deine Gesundheit.
Maach et jot ävver nit ze off.
§ 9 Stelle immer erst die Universalfrage.
Wat soll dä Quatsch?
§10 Komme dem Gebot der Gastfreundschaft nach.
Drinkste ene met?
§11 Bewahre dir eine gesunde Einstellung zum Humor.
Do laachste dech kapott.

Der geneigte Leser kann in folgenden Erlebnissen selbst entscheiden, welcher Paragraph hier Anwendung findet.
Als ich ca. einen Monat mit meiner langjährigen Ex-Lebensabschnitts-Gefährtin Sylvia (Mama von Chiara) zusammen war, besuchten wir eine fröhliche Fluglotsen-Party im Früh Brauhaus in der Nähe vom Dom. Die geborene Oberfränkin war noch nicht so erfahren mit der Kölschen Mentalität und wunderte sich, dass sie mehrfach von wildfremden Menschen liebevoll in den Arm genommen wurde *("Nää, watt bis do ä lääcke Mädsche")*. Es folgte der absolute Anfängerfehler. Sie fragte den Ober (*Köbes*) allen Ernstes: „Haben Sie einen trockenen Rotwein?". Dieser antwortete trocken: *„Sin mer en Apothek?"* und drückte ihr ein Kölsch in die Hand.
Riesen Gelächter. Glaubt jemand, einen *Köbes* verunsichern zu können, indem man Pils oder Altbier bestellt, so wird man sich wundern. E*s ene Ve`sooch wäät ... klappt ävver nitt!*
Eine befreundete Ärztin erzählte mir folgende Geschichte: Als sie mit 18 Jahren ihr Studium begann, wohnte sie nahe der Uni von Hannover. Am 11.11. stimmte sie sich morgens, wie gewöhnlich zum Beginn der fünften Jahreszeit, mit Karnevalsmusik auf WDR 4 ein, schminkte und kostümierte sich als buntes Schulmädchen und ging zur Uni. Leicht verspätet betrat sie den Anatomie-Saal und knapp 200 Augenpaare schauten sie entgeistert an. Es war sonst

niemand verkleidet. Ist halt Hannover. Spaßbremsen.

Immer wieder tappen Nicht-Rheinländer bei der Bestellung eines „Halve Hahn" ins Fettnäpfchen. Glaubt man wirklich daran, ein halbes Hähnchen zu erhalten, dann sollte man sich lieber über das gelieferte Roggenbrötchen mit Käse freuen.
Ein Bekannter befragte mich einmal zu einer Textzeile eines populären Karnevalsliedes der

kölsche Band De Höhner. Im Lied „*Isch ben ne Räuber*" heißt es „*Ich kann nit treu sin, läv in d'r Daach ren*". Entgeistert fragte er mich: „Warum lebt er in der Dachrinne?".
Natürlich erlebt man auch diverse sprachliche Divergenzen auf der Flugsicherungsebene. Es ist deutschlandweit bekannt, dass die professionellen, meist unkomplizierten und freundlichen Kölner Fluglotsen und Fluglotsinnen bei Piloten sehr beliebt sind. Nach einer unserer zahlreichen Radarsimulationen auf der fünftägigen Flugmesse AERO in Friedrichshafen sprach mich ein Sportpilot an. Die Kölner Controller seien total nett, aber einmal hat er sich nicht getraut eine nicht verstandene Anweisung zu hinterfragen. Er wollte cool auf der Funkfrequenz rüberkommen und meldete sich bei seinem Erstanruf mit: „Köln-Turm, *Alaaf*, hier ist die DEVFR, bitte um Einfluggenehmigung von SIERRA entlang des Rheins nach Leverkusen." Der Kollege genehmigte ihm einen Direkteinflug zur „Bahnhofskapelle" oder zum „Henkelmännchen". Erst sehr viel später kapierte er, dass die „Bahnhofskapelle" der Kölner Dom ist und mit „Henkelmännchen" die Köln Arena gemeint war. So etwas passiert, wenn man durch ein falsch platziertes *Alaaf* als Ortskundiger eingeschätzt wird. Zum Ablass verordnete ich ihm im Nachhinein zehn Liegestütze.

Ist doch nur Spaß!

Während einer anderen großen Messe beschwerte sich ein älterer Herr böse bei mir. Da ich ja zur „Flugversicherung" gehöre, will er endlich wissen, wann sein verlorener Koffer ersetzt wird. Präzise erklärte ich ihm den Unterschied zwischen Flugsicherheit (Kontrolleure beim Check-In), Flugsicherung (Fluglotsen im Tower und Radar-Center) und einer Gepäckversicherung. Er schaute mich entgeistert an und sagte: „*Jajo Du Jäck, es jo schön für Disch, ävve wo es menge Koffer?*"

Manchmal ist es aber auch zum Verzweifeln!

Alle meine Kolleginnen und Kollegen kennen Anekdötchen dieser Art.
Annette erinnert sich an damals, als sie als junges Ruhrpott-Küken erstmalig mit dem älteren Flugdatenbearbeiter Karl-Otto Dienst in der Flugberatung hatte. Es war nichts los, er schaute im TV eine Übertragung vom Hänneschen-Theater und lachte sich schlapp.
Änni verstand dagegen kein Wort.

Sagt ein Markthändler im Rheinland zu seiner Kundin „Junge Frau", so ist eine Dame über Fünfzig gemeint. Kollegin Iris erschien leicht deprimiert in der Towerkanzel: „*Ett es esu wigg. Der Döskopp ov em Maat hätt zu misch Junge Frau jesaat.*"
Eine tolle Kollegin hält den Dialekt in jeder Lage hoch. Unsere Elke ist eine richtige rheinische Frohnatur. Sie lacht sehr viel und keiner spricht so gerne das „sch" wie sie.
„*Blätterteischhörnschen*" und „*Milschschaumhäubschen*" sind nur zwei harmlose Kreationen. Elke kann man auch herrlich ärgern. Im Pausenraum hatte sie am Stehtisch gerade ihre leckere Suppe ausgelöffelt, als Charly Muth von der benachbarten Toilette zurückkehrte. Er sah Elke und legte ein 50 Cent Stück auf den leeren Teller. Entsetzt rief Elke: „*Hey, Do Jeck, isch ben net de Klofrau!*" Als ich einmal nach meiner Pause in die Towerkanzel zurückkehrte, erzählte ich unserem Wonneproppen, dass ich die Spülmaschine in der Küche angemacht hätte. Sie lobte mich für meinen heldenhaften Einsatz. Beiläufig erklärte ich ihr, dass noch etwas Platz in der Maschine war und ich diesen mit den Klobürsten von den WCs aufgefüllt hätte. War natürlich gelogen, aber ich wollte ihren panikartigen Gesichtsausdruck sehen.
Kollege Mike Moskopp hatte eine ähnliche Situation in seinem Zuhause heraufbeschworen. Seine Kinder fanden morgens eine Klobürste,

die im Nutella-Glas steckte. Es war zwar eine fabrikneue Bürste gewesen, jedoch hatte anscheinend niemand mehr Hunger auf diesen Nuss-Nougat-Aufstrich. Möchten sie, mein verehrter Leser, auch einmal psychologisch ihre Mitmenschen beeinflussen, dann stellen Sie doch einfach an einem beliebigen Tag die gelben Säcke oder Tonne vor ihre Haustür und beobachten Sie, wie lange es dauert, bis Ihre Nachbarn verunsichert auch deren Müll rausstellen.
Keine Sorge: Einer rheinischen Frohnatur verzeiht man solche Streiche und sinnt dann auf Rache!
Nie habe ich mich für meinen kölschen Dialekt geschämt. Im Gegenteil: Kölsch ist lustig und lustig macht sexy.

Berufsplanung
(Watt sull uss demm ens wädde?)

Seit 1989 arbeite ich bei der Flugsicherung. Hätte mir vorher jemand vorgeschlagen doch Air Traffic Controller (Fluglotse) zu werden, ich hätte unwissend mit den Schultern gezuckt. Als kleiner Schüler wollte ich schon mal Tierarzt werden, doch meine Katzenhaar-Allergie quälte mich. Ich litt bei Kontakt immer extrem unter Atembeschwerden und juckenden Augen. Sollte ich also gerne freiwillig einer beruflichen Peinigung entgegen streben, dann könnte ich auch Auspeitsch-Opfer im SM-Studio oder Klappfallscheibe im Schießstand der Bundeswehr werden. Eigene Tiere habe ich bis heute nicht, sieht man von den Fischstäbchen in der Tiefkühltruhe ab.
Mein heutiger Traumberuf stand in Kinder- und Jugendjahren nie auf meiner Agenda. Eigentlich bin ich hier wie die Jungfrau zum Kind gekommen.
Rückblende: Schon immer war ich geschäftstüchtig und wollte mein Taschengeld vermehren. Als Kinder haben wir in Nachbars-Vorgärten Maiglöckchen und ähnliche Saisonblumen stibitzt, diese gebündelt und für 50 Pfennige am Straßenrand den vorbeiziehenden Gemeindemitgliedern feilgeboten.
Wöchentlich habe ich den Abonnenten Fernsehzeitungen und das Liboriusblatt geliefert

(ca. 15 DM Trinkgeld), am Wochenende im Garten von Pastor Gasper`se Hein die großen Rasenflächen gemäht und abgekehrt (50 DM), mit Comics auf dem Postweg gehandelt (nur Kleinviehbeträge), für Oma Anna regelmäßig eine Kerze und Blumen auf das Grab von Opa Hubert Senior gelegt (2 DM) oder auf dem Trödelmarkt Dinge verkauft, die ich teilweise auf dem Sperrmüll gefunden hatte (manchmal ordentlicher Gewinn). Auch unseren Papa, der als Gärtnermeister sehr viele Überstunden auf dem Friedhof oder in Privatgärten machte, durften wir unterstützen (5 DM und eine Tüte Gummibärchen).
Wie schon erwähnt, spannten mich meine diversen Freizeit- und Vereinsaktivitäten enorm ein, sodass das Gymnasium am Wirteltor in mir einen eher unterdurchschnittlichen Schüler fand. An dieser Stelle noch einmal einen großen Dank an meinen ältesten Freund Kiddel, der mich häufig selbstlos abschreiben ließ. Das Kleine Latinum erwarb ich mit der Note Gut, das Große Latinum habe ich nie bekommen, da Thomas von mir weggesetzt wurde. Somit konnte ich schon mal nicht Priester werden; gut so.
Die Lehrer, die am meisten polarisierten habe ich in Erinnerung behalten. Herr Porschen war ein top Latein-Pädagoge, der uns römische und griechische Geschichte anschauungsvoll und lustig präsentierte. Mathelehrer Herr Holzapfel konnte mir zwar kein Mathe beibringen, aber im Unterricht war es immer extrem laut, da wir

Schüler wussten, dass er grundsätzlich sein Hörgerät abschaltete. Ein anderer Mathelehrer, Herr Vey, verängstigte mich eher, da er immer sagte: *"Schmitz, komm an die Tafel Deine Fünf verteidigen"*. Jeder hatte bei ihm erst einmal eine Fünf, es konnte jedoch auch eine Sechs draus werden. Unser Physiklehrer Herr Schmidt wurde von uns „Lefty" genannt, warum weiß ich nicht mehr. Lefty erklärte uns einmal die unterschiedlichen spezifischen Gewichte diverser Stoffe. Sein Anschauungsmaterial, eine schwere Literflasche Quecksilber, entglitt ihm aus seinen Händen und zerschellte auf dem Fußboden. Der Physiksaal musste sofort evakuiert werden und die Feuerwehr wurde benachrichtigt, damit der giftige Stoff ordnungsgemäß entsorgt werden konnte. Ich könnte hier noch viel über die Schulzeit erzählen, doch ich schweife zu weit ab. Zurück zum Geldverdienen.

Richtig tolle Jobs hatte ich auch. Bei allen großen Festivitäten der schon vorher genannten Dorfvereine habe ich im Festsaal des Bürgerhofs gearbeitet. Besitzer Schulz`se Fränz und Gattin Änne engagierten mich als Spüljungen hinter der Theke. Während meine Clique ordentlich feierte, habe ich für 5 DM pro Stunde geackert. Maifest, Schützenbälle oder Karnevalsitzungen endeten sehr oft erst morgens um fünf Uhr. Damals war ich 14 oder 15 Jahre alt und das Jugendschutzgesetz wurde glücklicherweise nicht erwähnt. War für mich ok!

Ich habe viele betrunkene Menschen kennen gelernt und mich einmal sogar mit Kammersänger Rudolf Schock angelegt. Lassen wir die Toten ruhen. In späteren Jahren habe ich in den Ferien sehr oft in der ortsansässigen Spezialpapierfabrik
Gebr. Hoffsümmer gejobbt. Durch unzählige zwölf-Stunden-Schichten erarbeitete ich mir die finanziellen Mittel für eine richtig gute HiFi-Anlage, Auto- und Motorrad-Führerscheine, mein erstes Motorrad und so weiter. Ich war stolz auf meine Errungenschaften, hegte und pflegte sie.
Die schwere Fabrikarbeit prägte mich. Sollte es sich vermeiden lassen, dann würde mein späterer Beruf nicht in einem solchen Umfeld sein. Mein guter Freund Müller`se Rudi hatte später auch bei Hoffsümmer gearbeitet und wurde Tragischer Weise beim Fegen des Hofes von einem schweren herabfallendem Papierballen getroffen und verstarb. Zu dieser Zeit war ich schon in der Grundausbildung bei der Bundeswehr in Budel/NL.
Nach vier Jahren verließ ich die Luftwaffe. Im Rahmen des Berufsförderungsdienstes nutzte ich jede Möglichkeit für Bewerbungen und Fortbildungsmaßnahmen. Es kamen nur Berufe oder Studiengänge für mich in Frage, die über mein durchschnittliches Zeugnis hinweg sahen und in denen ich schon früh Geld verdienen konnte. Eigentlich hätte ich Sprengmeister, Schornsteinfeger oder Polizist werden können;

fand ich alles interessant. Beim Polizeitest in Münster verblieb ich von 300 Bewerbern unter den letzten drei Getesteten. Beim dortigen Sporttest hatte ich beim 2000 m-Lauf sogar noch einige Mitbewerber überrundet, zum Schwimmtest brauchte ich nicht anzutreten, da ich das DLRG Abzeichen in Gold habe. Als Handballer war ich körperlich sehr fit, als langjähriger Ausbilder und Uniformträger hätte die Polizei NRW wohl einen guten Fang mit mir gemacht. Ich wurde jedoch abgelehnt, weil zwischen meinen oberen und unteren Schneidezähnen eine minimale Lücke ist. Den Zahnarzt hätte ich für diese Frechheit boxen können, heute danke ich ihm. Eine Menge Überstunden in einem gefährlichen, schlechter bezahlten Job sind mir erspart geblieben.
Weiter in der Jobsuche. Eine Zusage für ein bezahltes Studium in Berlin, als medizinischer Sektions- und Präparationsassistent, habe ich abgelehnt. Ein Film über Leichen-Sezierer erklärte die Handhabung und Anwendung einer Schädelfräse und dämpfte meinen Ehrgeiz für diese Berufsbestimmung. Laut Aussage eines Berufsberaters konnte ich mich damals nicht als Fluglotse bei der ehemaligen Bundesanstalt für Flugsicherung (BFS) bewerben, da es hier einen Einstellungsstopp gab. In seiner Ignoranz hatte mich dieser Schwachkopf falsch beraten, der besagte Einstellungsstopp lag
10 Jahre zurück. Das Thema Luftfahrt interessierte mich dann doch sehr und ich

absolvierte in Frankfurt erfolgreich den Test zum Beruf Flugdatenbearbeiter. Noch immer ehrgeizig bewarb ich mich nach wenigen Jahren dann doch als Fluglotse, schaffte den schweren Test und hatte meine berufliche Bestimmung gefunden. Rückblickend kann ich den Jugendlichen wirklich empfehlen, diverse Ferienjobs oder Praktika zu durchlaufen. Nicht jedem ist die berufliche Bestimmung in die Wiege gelegt worden.

Ein Hahn mit Adleraugen
(De` Vuhl sid alles)

Hoch über den Dächern von Gürzenich thront ein einsamer Geselle, den jeder Gürzenicher kennt. Dieser Bursche hat eine einmalige Aufmerksamkeits-Präsenz, denn wenn die Kirchenglocken läuten, schauen die Bürger instinktiv hoch zum Kirchturm und erkennen unterbewusst den ca. 1,10 m großen Wetterhahn, der auf einem filigranen Kreuz hockt. Mittels einer gläsernen Kugelkopf-Befestigung kann sich unser Held in den Wind drehen und informiert uns über aktuelle Luftbewegungen in seiner Höhe. Bei meinen Recherchen, ob der Metallvogel denn einen Namen habe, konnte mir kein alt-eingesessener Mitbürger eine Antwort geben.
Na gut – dann wird er nun getauft. Meine erste Namensidee beruhte auf dem lateinischen Wort für „Bewacher, Beschützer oder Wächter": CUSTOS.
Doch mein alter Freund Hüttemann`se Peter hatte eine bessere Idee: „Der Wetterhahn ist ein wichtiger Bestandteil unsere Pfarrkirche St. Johannes Evangelist, somit sollten wir ihn JOHA(H)N nennen!" Schönes Wortspiel; gefällt mir und ist hiermit beschlossen. Joha(h)n thront, wie gesagt, in knapp 55 m Höhe über Grund, hat einen phänomenalen Ausblick über das 8,54 km² Areal von Gürzenich und natürlich noch weit darüber hinaus. Der Tätigkeitsort dieser

Abbildung eines männlichen Haushuhns spornt mich wiederum zu einem Arbeitsplatzvergleich mit dem Kölner Tower an, denn auch ich sitze dort in über 50 m Höhe, beobachte das knapp 10 km² große Flughafenareal, habe mit meinen Kollegen meist eine grandiose Fernsicht und auch zu unserem Gebäude schaut man automatisch hin.

Kirche in Gürzenich

Im Tower zeigen unsere zahlreichen Uhren immer die weltweit einheitliche koordinierte UTC-Zeit an, unser Kirchturm hat schändlicher Weise überhaupt keine Uhr (werde mit meinen Brüdern noch ausgiebig diskutieren, wie wir dies ändern können).
Doch zurück zu unserem Hauptdarsteller. Wenn Joha(h)n nicht gerade einmal Besuch von einer Taube erhält, hat er meist einen sehr einsamen 24-Stunden-Job. Bei Wind und Wetter hält unser silberner Freund die Stellung und da er nicht gewerkschaftlich organisiert ist, wird er diesen harten Beruf auch weiterhin fortführen. Solange Joha(h)n seinen Posten nicht verlässt, wird er auch nicht mit anderen Metall-Hühnern ausgehen und für Nachwuchs sorgen.
Armer Wetterhahn – Augen auf bei der Berufswahl.
Doch es gibt auch einige Vorteile, wenn man dem Himmel so nah ist. Er ist absolut sicher vor Altmetalldieben! Kikerikien muss er auch nicht, da ihm die zahlreichen Glocken im Glockenturm (auf You Tube Video zu bewundern) genügend Aufmerksamkeit bescheren.
Wie schon erwähnt, hat Joha(h)n einen tollen Ausblick auf sein geliebtes Gürzenich und dessen freundliche Bewohner. Hinter dem Oberdorf beobachtet er das vor sich hingammelnde, ehemalige Luftwaffen-Munitionsdepot. Wäre der stolze Hahn Abonnent der Dürener Zeitung, dann hätte er schon einige Geschichten über geplante

Renaturalisierung-Maßnahmen oder Umbaupläne des Camps gelesen. Eine Idee, die mir persönlich gut gefällt, wäre die Nutzung des Bundeswehrareals als Event-Fläche für große Musikveranstaltungen oder Kunstausstellungen. Diese Planung findet jedoch nicht jeder Anwohner toll, da man somit unsere überfüllten Straßen zusätzlich belasten würde. Vielleicht kann der alte Eisenbahnanschluss wieder reaktiviert werden, denn dieser führt direkt ins Areal.

Tolle Kunstaustellungen kann Joha(h)n jedoch stets zu Pfingsten im Schillingspark erahnen. Unter Leitung von künstlerisch begabten Mitbürgern, wie Goertz'se Pit, gibt es die inzwischen sehr bekannte PARKRAUM-Ausstellung, bei der diverse Künstler ihre Skulpturen und Installationen in einer traumhaften Parkkulisse den Publikumsscharen präsentieren.
In gleicher Blickrichtung erspäht unser Hahn unseren schönen Schützenplatz, mit den uralten enormen Eichen, und die sehr großen gepflegten Grünanlagen des Golf-Clubs. Folgt man den äußeren Dorfkonturen, so erkennt der Beobachter weitläufige Felder, auf denen zum Beispiel verschiedene Kornarten, Zuckerrüben, Mais, Kartoffeln oder Spargel saisonal angebaut und geerntet werden. Weiter nördlich lädt dann unser Badesee, ein weiterer Publikumsmagnet, zu diversen Wassersportarten (z.B. auch Wasserski laufen) ein. In der Nähe des Badesees erblickt Joha(h)n eine Neuerung in seinem Revier. Die alten Grünanlagen und Gebäude des Gürzenicher Fußball-Clubs GFC 09 konnten vom Verein nicht mehr finanziert werden und verwahrlosten. Eine Initiative ehrgeiziger Ortsansässiger gestalteten unter großen zeitlichen und körperlichen Einsatz das HAUS FÜR GÜRZENICH, ein Veranstaltungsgelände mit Gastronomiebetrieb, Toilettenanlagen, Konferenzräumen und vielem mehr. Inzwischen sind fast alle Dorfvereine

Mitglied in diesem Zusammenschluss. Einen speziellen Dank an die Initiatoren des Projektes (wie Dietrich`se Gerd und Schmitz`se Winni), die zum großen Teil aus dem Gürzenicher Karneval kommen. Erweiterungsanbauten, wie Beach-Volleyballplätze, Boule-Bahnen oder weitläufigen Wiesen für Zeltlager, sind in der Planung und werden von der Kirchturm-Oberbauaufsicht in Hahnenform überwacht werden. Joha(h)n hat die stündliche Kontrolle der Gürzenicher-Gemarkungsgrenzen abgeschlossen und folgt nun optisch dem Bachlauf des Trierbaches. Ein Hauptteil des Wasserlaufs folgt parallel einer der beiden wichtigen verkehrsreichen Dorfstraßen, nämlich der Schillingsstrasse, die natürlich auch an der Kirche vorbeiführt.

Im Laufe der Jahrzehnte beobachtete unser metallener Freund mehrfach, dass der friedliche Bach nach heftigen Regenperioden sein Bachbett verließ und einen weniger friedlichen Abstecher in die Keller der Häuser in Kirchennähe unternahm. Nur unter kräftezehrendem Einsatz unser Freiwilligen Feuerwehr, konnte der nasse Besucher wieder in seine Schranken gewiesen werden. 2015 wird das komplette Beton-Bachbett verbreitert und ebenfalls denaturalisiert werden. Der Bauernhof Lövenich und seine Nachbarschaft sollten somit eine Sorge, bezüglich der unbändigen Naturgewalten, weniger haben.

Natürlich hat Gürzenich auch andere Probleme. Viele kleinere Geschäfte stehen leer und besonders die Menschen im Oberdorf müssen den weiten Weg zu den größeren Supermärkten bewältigen. Die Hauptschule wurde geschlossen, da Schülermangel herrscht. Vielleicht ist dies auch ein eindeutiges Signal, dass man unseren Stadtteil für junge Familien mit Kindern attraktiver gestalten sollte und günstiges Bauland zum Verkauf anbietet. Noch hat Gürzenich mehrere Kindergärten, ein tolles Jugendheim und eine Grundschule, doch der alte Joha(h)n hat von seinem exklusiven Platz aus schon lange nicht mehr Kommunionen mit knapp hundert Kommunionkindern und Dorfvereine mit großen Jugendabteilungen gesehen. Beide Beispiele wurden in den letzten drei Jahrzehnten inhaltlich sehr dezimiert.
Diese Sorgenfalten unseres Protagonisten werden sehr oft gottlob durch Lachfalten ersetzt. Der Kirchturmwächter hat in seiner langen Beobachtungszeit viele skurrile Situationen und so manch unvergessliches Dorf-Original erleben dürfen. Hier einige sehr nette Gürzenicher aus den letzten dreißig Jahren:
Fangen wir an mit unserem damalige Dorfbriefträger Flock`se Klaus. Herr Flock war scheinbar eine neugierige Nase und las immer gerne die auszutragenden Postkarten, bevor diese ihren eigentlichen Bestimmungsort erreichten. Naiv erzählte er dem Empfänger auch vorher noch in Kurzform, welche

Geheimnisse die Ansichtskarte beinhaltete.
Diese Postgeheimnisverletzung war jedoch
bekannt und man blieb extrem gelassen. Einige
Gürzenicher schrieben dann einfach
Urlaubspostkarte, wie z.B.: *„Hallo mein lieber
Schatz (und hallo Klaus)....!"*
Ein weiterer mir unvergesslicher Mitbürger war
Kronenberg`se Heinz, der leider auch viel zu
früh verstorben ist. Als jüngster Spross und
einziger männlicher Nachfahre des Autohauses
Kronenberg hatte Heinz zumindest nie
finanzielle Probleme und genoss mit seinen
Freunden, darunter mein Bruder Winni, das
Leben. Die verrückten Burschen sah man auch
schon mal bei einer Temperatur von -10° im
offenen Cabriolet mit aufgesetzten
Cowboyhüten durch Düren fahren. Heinz spielte
in seiner Lieblingskneipe, der Waldschänke,
gerne mit den Metallhängelampen über der
Theke. Heftiges Pendeln dieser Leuchtkörper
führte des Öfteren zur Kollision mit der
Nachbarlampe und somit zur Zerstörung beider.
Gernot, der Wirt, hatte zähneknirschend immer
ein besonderes Auge auf den
Wiederholungstäter Heinz.
Dieses Gebaren konnte Joha(h)n natürlich nicht
beobachten, genauso wenig wie folgende
Begebenheit: Im Hause Kronenberg gab es eine
Sonnenbank, die jedoch eine defekte
Zeitschaltuhr hatte. Leider ist Heinz einmal
während einer Bräunungssitzung fest
eingeschlafen und erst nach 45 min wieder

aufgewacht. Seine gestresste Haut war zwar gebräunt, aber die Innenarme und die Seiten waren weiterhin weiß. Seine guten Freunde schlugen vor, ihn doch bei Spaziergängen mit einer Waffe zu bedrohen, damit er mit erhobenen Händen auch diesen Körperpartien Sonnenlicht offerieren kann.
Wetterhahn Joha(h)n beobachtete Ende April, wie der Autohaus-Prinz mit seinen Freunden Neudorf`se Heinz-Werner und Spiess`se Dirk den Audi des Letztgenannten mit einem schönen Maibaum beluden. Das Prachtstück sollte für Heinz-Werners Maibraut Heike sein und in der kommenden Mainacht nach Birkesdorf befördert werden. Der große Baum wurde auf dem Audi-Dach mit Seilen fixiert. Kronenberg`se Heinz legte sich auf der Rückbank des Autos schlafen, um seiner Alkoholmüdigkeit zu entkommen. Seine mit Cowboystiefeln bekleideten Füße, schauten zum offenen Fenster hinaus. Dirk und Heinz-Werner fesselten auch die Füße mit einem Seil am Dachträger, damit die runterbaumelnden Stiefel nicht den Lack zerkratzten. Als Heinz wieder erwachte und sich von den Fußfesseln nicht befreien konnte, nahm er sein Feuerzeug und verbrannte das Seil. Sofort erfasste eine Stichflamme auch die große Maibirke mit den vielen Plümen und Papier-Rosen. Vom Baum blieb nur ein Haufen Asche übrig. Eilig schafften die drei Helden, mit Hilfe einiger anderer Maijungen, einen frischen Baum heran und

schmückten innerhalb weniger Stunden einen neuen Liebesbeweis für Heike. Schön, wenn man Freunde in der Not hat. Die berühmten Cowboystiefel gingen später unspektakulär verloren, doch auch dieses Schauspiel konnte Joha(h)n nicht beobachten, da sich die Geschichte in einem seiner toten Blickwinkel abspielte. Ein anderer Windanzeiger war jedoch Augenzeuge, nämlich der Wetterfisch auf dem Turm des Weierhofes. Ja richtig gelesen, ein Wetterfisch und kein Wetterhahn. Nennen wir diesen Zeitgenossen doch einfach Wohlfried vom Weierhof, um dem Metallfreund, der anscheinend eine eiserne Lunge statt Kiemen hat, etwas Leben einzuhauchen. Wohlfried hat einen hervorragenden Blick auf die Landstraße (samt Bürgersteig) zwischen Schützenplatz und Weierhof. Hier geschah vor einigen Jahren folgende Szene: Mein Bruder Winni und sein Freund Heinz wankten, vom Alkohol beschwingt, aus dem Festzelt auf dem Schützenplatz in Richtung Gürzenich. Der Bürgersteig ist auf der rechten Seite von der Landstraße und auf der linken Seite von einem ca. 3 m tiefen Abhang begrenzt. Das sanft abfallende, Gebüsch reiche Gefälle endet an einem kleinen Bach, der durch ein morastiges Schlammbett führt. Nach einigen Metern bemerkte Winni, dass sein Blutsbruder Heinz wohl der Schwerkraft nachgeben musste und den Weg nach unten, also zum Bach, genommen hatte. Er half seinem Freund wieder auf den Gehweg und man torkelte gemeinsam weiter. Kurze Zeit später bemerkte mein Bruder jedoch, dass Heinz seine 380 DM-Stiefel nicht mehr anhatte, sondern auf Strümpfen wanderte. Die teuren Stiefel waren tief im Morast stecken geblieben und Heinz war einfach rausgeschlüpft, ohne sich weitere Gedanken um die Fußbekleidung zu machen. Die Stiefel wurden auch Tage später nicht mehr gefunden. Vielleicht weiß Wetterfisch Wohlfried Genaueres über den Verbleib der Leder-Dinger; wir werden es nie erfahren.

Gegenüber vom Weierhof kann Wohlfried in die Wohnung von einem weiteren freundlichen Gürzenicher schauen. Hier wohnt Kelch`se Pitter (Name geändert), den jeder nur unter dem Spitznamen „Kniggel" kennt. Kniggel ist einige Jahre älter als ich, ca. 1,60 m groß und hat ein stets freundliches Lächeln aufgesetzt. Vor vielen Jahren war er sogar einmal Maikönig und ist heute Ehrenmitglied bei der Junggesellenvereinigung. In seiner unkomplizierten und etwas naiven Art hat der sympathische Held schon öfters für fröhlichen Gesprächsstoff gesorgt. Bratkartoffeln mit Speck und Spiegeleier brät er gerne schon einmal direkt auf dem heißen Untergrund; eine Bratpfanne wird deshalb nicht gebraucht.

Als Kniggel einmal neue Möbel für sein Schlafzimmer gekauft hatte, wollte ihm ein Kollege aus dem „Tambour- und Fanfarencorps

Frei Weg 1926 Gürzenich" beim Aufbau der Möbel helfen. Erstaunt musste der Helfer erkennen, dass Kniggel die Möbel einfach eingekauft hatte, ohne vorher überhaupt die Grundfläche des kleinen Schlafzimmers auszumessen. Die sperrigen Möbelteile gelangten nur durch extremen Erfindungsreichtum in das dafür vorgesehene Zimmer. Der Holzfensterrahmen musste herausgesägt werden, damit die Kartons samt Inhalt überhaupt ins Haus gelangen konnten. Das neue Bett war viel zu groß für den Raum und musste zur Hälfte gekürzt werden (Bruder Winni war sowieso der Überzeugung, dass der kleine Kniggel nur ein Kinderbett gebraucht hätte).
Einmal sollte Kniggel, im Auftrag seiner Eltern, einige Reibekuchen in der „Waldschänke" kaufen. Während die Leckereien noch im heißen Öl gebacken wurden, setzte unser Held sich zu seinen Freunden an die Theke und trank schon mal die ersten drei Bier. Als der Wirt ihm die in Silberfolie eingepackten Reibekuchen überreichte, wollte Kniggel aber noch nicht nach Hause fahren, sondern trank noch einige Bier. Freundlicherweise wärmte der Wirt nach einer Stunde die Kartoffelpuffer erneut auf und ermahnte seinen Gast, doch endlich mit seinem Fahrrad nach Hause zu radeln, denn die Eltern warteten schließlich auf die Mahlzeit. Nachdem Kniggel noch drei Abschluss-Bier getrunken und gezahlt hatte, torkelte er zu seinem Drahtesel.

Wetterhahn Joha(h)n konnte nun beobachten, wie ein angetrunkener kleiner Mann ein kleines silbernes Paket auf seinen Gepäckträger fixieren wollte, indem er die Spannfeder mehrfach schnellen ließ und somit den Inhalt des Paketes pürierte. Die anschließende Fahrrad-Fahrt endet abrupt nach wenigen Metern, denn Kniggel fuhr in angrenzende Büsche und stürzte. Ob es im Hause Kelch an diesem Abend noch schmackhafte Reibekuchen gab, wage ich zu bezweifeln.

Unvergesslich bleibt vielen Gürzenichern auch folgende Geschichte: Kniggels Tambour-Corps-Kollegen wetteten mit ihm um 50 l Bier. Diese 50 l Bier sollte Kniggel erhalten, wenn er beim nächsten Festumzug seine bekannte blau-weiße Tambour-Uniform durch ein paar rote Stöckelschuhe erweitert. Tatsächlich stolzierte Kniggel auf sexy Pomps, während er professionell mit seiner Gruppe schöne Marschmusik spielte. Auch diese skurrile Szenerie konnte Joha(h)n nicht aus der Fassung bringen, da er in seiner langjährigen Berufszeit schon einiges von den Gürzenichern gewohnt war und immer noch neugierig darauf ist, was seinen Mitbürgern zukünftig noch Lustiges einfällt.

Gefahr lauert überall *(Nu` Bekloppte)*

Passen Sie gut auf Ihre Kinder auf!
Sorgen Sie dafür, dass aus ihnen liebenswürdige und anständige Mitbürger werden!
In unserem schönen Europa laufen so viele Bekloppte herum, also seien Sie wachsam und kritisch.
Natürlich gibt es hier gewisse Nuancen zu beachten. Man sollte jedoch zwischen den „positiv Bekloppten" bis hin zu den „extrem psychisch kranken Bekloppten" fein unterscheiden. Keine Sorge, dies kann kein wissenschaftliches Essay werden, dafür bin ich viel zu ignorant. Diese Gruppeneinteilung entspringt meinem bekloppten Gehirn.
Fangen wir mit den „extrem psychisch kranken Bekloppten" an. Da fallen mir spontan die Deppen ein, die nachts Laser-Attacken auf anfliegende Flugzeuge durchführen. Hier werden keine Science-Fiction-Waffen benutzt, sondern verbotene, aus China importierte, kleine Laserpointer, die meist einen sehr intensiven grünen Lichtstrahl werfen und nicht mit den ähnlichen Laserpointern für Vortragsräume zu verwechseln sind. Also: diese kriminellen Schwachköpfe befinden sich zur Nachtzeit an einem strategisch günstigen Punkt, meist im fünf Meilen (ca. 8,5 km) Anflugbereich des Kölner Flughafens und blenden dann die Cockpit-Besatzung mit einem

intensiven Leuchtstrahl. Genannte Blender-Idioten sind gleichzusetzen mit den Gehirnamputierten, die wahllos dicke Steinbrocken von Autobahnbrücken auf Fahrzeuge werfen. Betroffene Piloten melden uns die Laserattacken, wir benachrichtigen die Polizei, doch meist ist der Straftäter im dicht besiedelten Gebiet untergetaucht. Nur einmal konnte ein Übeltäter dingfest gemacht werden, da er so intelligent war, einen Bundespolizei-Hubschrauber (ausgerüstet mit Nachtsichtgeräten, um zum Beispiel die ICE-Strecken zu kontrollieren) zu belästigen. Es handelte sich um einen LKW-Fahrer, der anscheinend Langeweile hatte.
Auf You Tube gibt es Cockpit-Überwachungsvideos (zum Beispiel aus der Maschine der Bundeskanzlerin), die eindrucksvoll Laserblendungen zeigen. Leider erlebte ich in einem Nachtdienst auch, dass ein UPS-Pilot mit Netzhaut-Verbrennung von einem Notarzt behandelt werden musste.
Für manche TV-Sender sind solche Geschichten jedoch ein gefundenes Fressen. Gerne werden für solche oder ähnliche Reality-Formate treudoofe IQ-schwache Mitbürger gesucht, die zur kamerageilen Selbstdarstellung herangezogen werden. Diese Formate fallen insbesondere durch schnelle Schnitte, oft sich wiederholenden Szenen und dramatische Musik auf. Zugegeben, auch ich war anfangs neugierig auf die erste Top-Model-Staffel (ein noch relativ

harmloses Format) oder das Dschungel-Camp, jedoch langweilten mich die blöden Werbepausen und die späteren jährlichen Wiederholungen. Dramatische Gerichtssendungen sind weit weg von realen Verfahren. Fragt meinen alten Freund Peter, der Richter im Hunsrück ist. Angebliche Polizei-Realities oder Beziehungs-Dokus verblöden das Publikum schon in den Nachmittagsstunden. Jeder kann schauen, was er möchte, solange man noch wirklichkeitsnah bleibt. Was man sich da alles anhören muss, wenn man in seiner Arbeitspause im Spätdienst mal unbefangen durch die Programme schaltet. Ein Bericht über einen jungen Mann, der ABC-Pflaster süchtig ist. Seinen Körper klebt er mit den Pflastern komplett voll; er liebt den Schmerz (*de` hätt doch ene Pfeil im Kopp*). Szenenwechsel. Ein alter Mann war schon vor Wochen in seiner Mietwohnung verstorben und keiner der Nachbarn hat es gemerkt. Die stets wechselnden Essen-auf-Rädern-Lieferanten klingelten gar nicht mehr, sondern stellten die warme Mahlzeit vor die Wohnungstür und nahmen das leere Geschirr vom Vortag wieder mit. Ein lieber Nachbar hatte sich die kostenlosen Leckereien genommen und somit günstig gegessen.

In einer Gerichtsshow wurde folgendes Szenarium dargelegt: Eine Firma machte eine Vergnügungs-Raddampferfahrt auf der Rur bei Düren. Dabei wurde ein Kollege absichtlich über

Bord geworfen und starb. Ungläubig blieb ich an dieser Folge hängen. Die Rur bei Düren ist noch nicht einmal knietief und jedes imaginäre Vergnügungsschiff würde an den zahlreichen Brücken hängen bleiben. Nun gut, Ziel war erreicht: Ein Zuschauer mehr an diesem Tag.
Das Leben ist echt voller Bekloppter. In den Wintermonaten fahren sehr viele Radfahrer nicht nur ohne Licht an ihrem Drahtesel, sondern sie kleiden sich auch noch in schwarz ein. Manche Autofahrer flippen total aus, wenn der Spritpreis um einen Cent gefallen ist. Sie stellen sich eine halbe Stunde an der Tankstelle an, sparen vielleicht 50 Cent bei der Tankfüllung und kaufen zugleich noch schnell überteuerte Lebensmittel an der gleichen Kasse.
Einmal schwebte über der Kölner Dom-Platte ein Luftschiff in knapp 200 m Höhe und wir erhielten im Tower eine Lärmbeschwerde von einem besorgten Mitbürger. *„Datt Ding is jeroß, also muss ett auch laut sinn!"* Immerhin hat ihn diese Meldung kurz davon abgehalten, weitere Falschparker in seiner Straße anzuschwärzen. Zwei frühere Verwaltungsangestellte im Kölner Tower waren ebenfalls bekloppt. Zum einen war dies unsere knapp 1,90 m große und mindestens 170 kg schwere Geschäftszimmer-Sekretärin Hertha (Name geändert). Wir nannten diese extrem neugierige Person „Vorzimmer-Jumbo". Sie las unsere Post und erzählte gerne auch über diese Eigenart. Die Krönung war jedoch, dass sie in Nebenfunktion

die „Geheimschutz-Beauftragte" der Dienststelle war. Zum anderen war da noch der Herr Rind (Name geändert), der als Sachbearbeiter zwar eine hohe Besoldungsstufe besaß, aber im Prinzip der faulste Hund war, dem ich je in einem Büro begegnete. Ich sah in seinem lustlosen Gesicht immer ein imaginäres blaues Rechteck, dass vom Tiefschlaf auf dem Stempelkissen übrig blieb. Drehstuhl-Ranger Rind machte meist Urlaub auf den Philippinen, von wo er auch seine spätere Ehefrau mitbrachte. Herr Rind nutzte seine Dienstzeit sehr gerne dazu, auf seinem kleinen Fernsehgerät Sportereignisse aus aller Welt zu verfolgen. Wohlgemerkt, während seiner Dienstzeit! Der damalige Niederlassungsleiter erteilte ihm zwar keine Abmahnung, befahl aber die Beseitigung des TV-Gerätes. Rind setzte sich dann einfach in unseren Aufenthaltsraum (Fokker-Stube) und schaute dort seine Lieblingssendungen. Einmal brannte Rinds komplettes Büro ab, da er vergessen hatte seine Adventskranzkerzen zu löschen. Ältere Kollegen bastelten eine Pappschablone in Form eines Rinderkopfes und sprühten dann in regelmäßigen Abständen farbig diese Kunstwerke auf den Straßenbelag vor der Dienststelle. Die Rinder-Spur endete genau in der Parklücke dieses Faulenzers.
Herr Rind machte übrigens später Karriere im Ministerium. Sie, mein geehrter Leser, kennen dies bestimmt auch aus ihrem Arbeitsumfeld:

Die faulsten Mitarbeiter oder angebliche kranke Kollegen, die einfach nur „Blau" machen, schaffen es oft durch ihre Dreistigkeit und auf Kosten der anderen Kollegen Karriere zu machen. Dies gibt es natürlich auch an jeder Dienststelle der DFS.

Zurück nach Gürzenich: Eines Tages hält ein Autofahrer an meiner Baustelle und meinte gönnerisch: *„Hier haben sie meine Karte, ich wohne im Nachbarort. Sie dürfen sich ab sofort zweimal die Woche um meinen Garten kümmern."* Ich fragte ihn nach dem Grund des Angebotes. *„Na ja, ich sehe sie andauernd hier arbeiten, sie scheinen ja keinen Job zu haben und Hartz IV zu beziehen. Seien sie gefälligst froh ein solches Angebot zu erhalten."*
Freundlich wies ich ihn auf meinen Beruf, den Schichtdienst und meine vor ihm parkende Limousine hin. Er verschwand grußlos.
Kommen wir zu den „positiv Bekloppten", zu denen ich mich auch zähle. Bei ausgefallenen Streichen bin ich gerne dabei, Neckereien über mich oder andere gehören zum Leben. Des Öfteren sprang ich schon mal mit einer Arschbombe ins Fettnäpfchen, jedoch hatte ich noch nie ein Problem damit, wenn jemand über mich lachte. Wer austeilt, muss auch einstecken können. Manch skurrile Situation durfte ich in den letzten vierzig Jahren aus nächster Nähe erleben.
Während der Bundeswehrzeit in Budel/NL, habe ich in meinen vier Jahren als Grundwehrdienst-Ausbilder schon eine Menge Verrückter kennengelernt. Seltsamerweise dachte man bei den größten Schleifern unter den Stammsoldaten oft an eine Lobotomie, die bei denen wohl früher erfolgreich durchgeführt wurde. Gerade mal die Sonderschule geschafft

und jetzt mit einem gewissen Machtpotential ausgestattet. Weist auf fehlendes Gehirn hin und wird nicht weiter erwähnt. Lotsenkollege Ollie Lindenau erzählte mir einmal von seinem ersten BW-Vorgesetzten, der sich wie folgt vorstellte: „Tach Ihr Maden, mein Name ist Stabsunteroffizier Sasse. SA, SS und E wie Elite!" Dies ist doch der Augenblick, ein virtuelles Bolzenschussgerät einzusetzen, oder? Wenn ich heute im Radio- oder Fernsehspot die Internetadresse der modernen Bundeswehr vorgelesen bekomme, so muss ich immer lachen: *„Informieren sie sich jetzt unter Bundeswehr MINUS Karriere PUNKT de".* Viele Kameraden beim Bund waren jedoch toll. Wir waren immer erpicht auf neue Abzeichen an unseren Uniformen. Hierzu wurden Sportleistungsabzeichen erfüllt, wir gingen in der Freizeit im belgischen Leopoldsburg Fallschirmspringen, zweimal erwanderte ich den 200 km Marsch bei den Vierdaagse in Nijmegen, absolvierte diverse Lehrgänge an der Sportschule in Warendorf und leitete die erfolgreiche Handball-Bataillonsmannschaft. Bis heute bin ich noch mit meinem alten Kumpel Fink`se Stefan befreundet, der sich als Steuerberater professionell um meine jährlichen Bescheide kümmert. Als ich mit ihm einmal nachts in Eindhoven zurück zum parkenden Auto ging, wollte er in seiner Bierlaune zwei entgegenkommende Mädchen als verkappter Exhibitionist erschrecken. Er zog plötzlich seinen Trenchcoat mit den Händen seitlich auseinander und imitierte einen zeigefreudigen Nackedei. Ein Mädel reagierte prompt und trat ihm in seine Kronjuwelen. Mit einem lachenden und schmerzverzerrten Gesicht lag Stefan dann für fünf Minuten auf dem Gehweg, daneben japste ich vor Lachen nach Luft. Jahre später wollten Stefan, Ehefrau Stefanie und die beiden damals minderjährigen Kinder Max und Moritz vom Airport Köln in den Urlaub fliegen. Ihr Auto konnte ich kostenlos vor dem Tower parken und nach dem Urlaub auch wieder übergeben. Sie holten mich an der Arbeitsstelle ab, ich setzte mich auf den Beifahrersitz des Volvos, während Stefanie hinten die Kinder anschnallte. Im Gespräch vertieft, hörten wir Kerle, wie hinter uns eine Autotür geschlossen wurde und waren auch gemeinsam der Meinung, Stefanie hätte hinten bei den Sprösslingen Platz genommen. Dem war nicht so. Stefan fuhr los, Stefanie öffnete im gleichen Augenblick die Tür, stolperte ungeschickt und der hintere rechte Reifen der Schwedenlimousine überfuhr ihren linken Knöchel. Geschockt schrie sie laut den Namen ihres Göttergatten. Stefan dachte er würde noch immer mit dem Fahrzeug auf dem Bein seiner Frau stehen und schaltete den Rückwärtsgang ein. Obwohl das arme Mädchen zweimal mit dem Breitreifen am Bein überfahren wurde, hatte sie glücklicherweise keine Verletzung. Hier hat wohl mein Schutzengel Emma ausgeholfen. Der Flughafenarzt bescheinigte die

Urlaubstauglichkeit und trotz allem ist Stefanie noch immer mit meinem bekloppten Freund glücklich verheiratet. Weiter so!
Meine große Klappe und das Talent zum Fettnäpfchen-Dreisprung haben mich schon mehrfach in brisante Situationen gebracht. In den neunziger Jahren musste eine Handballverletzung schnell operiert werden. Meine rechten Außenbänder waren abgerissen. Bei der Einweisung ins Dürener Krankenhaus wies ich den behandelnden Arzt im Vorgespräch darauf hin, dass ich in drei Wochen einen anderen Termin hätte, nämlich eine Mandeloperation. Meiner Idee, beide OPs doch direkt zusammen zu machen, wurde entsprochen. Blöde Idee, denn nun hatte ich doppelte Wundschmerzen.
Als meine langjährige Lebensgefährtin Sylvia mit mir und den drei kleinen Kindern den Duisburger Zoo besuchte, musste die Jüngste ganz dringend Pippi machen. Die nächste Toilette war zu weit weg, also ab in die Büsche. Chiara hockte nun mit heruntergelassener Hose im Dickicht und ich brachte den lauten Spruch: *„Sagt mal, ist hier nicht das Gebüsch, wo die ganzen Schlangen sind?"* Laut schreiend stolperte Chiara zu uns und pinkelte sich dabei richtig voll. Ihre Mama war nicht erfreut über meine bekloppte Bemerkung und schäumte vor Wut.
Nette Fehltritte passieren natürlich auch in meiner Flugsicherungszeit. 1990 arbeitete ich in

der Flugberatung in der verbotenen Stadt Düsseldorf. Als absoluter Anfänger versuchte ich Flugpläne für weltweite Flüge korrekt zu erstellen. Einmal stand ein großer afrikanischer Flugkapitän vor mir und sagte: *„Ei wonna feil ä fleitplän to Waggaduggu. Hälp mi!"* Ich sollte also einen Flugplan ins mir absolut unbekannte Waggaduggu generieren. Die bekloppten Kollegen ließen mich auflaufen, Hilfe gab es keine. Irgendwann erkannte ich, dass der Pilot nach Ouagadougou, der Hauptstadt des ehemaligen Obervolta und heutigen Burkina Faso, wollte. Danke, Kollegen.

Aber auch „alte Flugsicherungs-Urgesteine", im damalig benachbarten Düsseldorfer Radar-Center, sorgten für peinliche Situationen. Um in das Gebäude mit dem Kontrollraum zu gelangen, mussten die BFS-Mitarbeiter (damals waren wir noch Beamte) einen täglich wechselnden Tür-Code eingeben. Ein älterer Wachleiter hatte an diesem Tag wahrscheinlich Schwierigkeiten mit der Code-Tastatur und betätigte die Türklingel. Über den Lautsprecher der Gegensprechanlage erklang nun die sonore Stimme eines weiteren Wachleiter, der seinen verzweifelten Lotsenkollegen auch über eine Kamera auf einen kleinen Bildschirm beobachten konnte und schmunzelnd sprach: *„Bundesanstalt für Flugsicherung, Sie wünschen bitte!?"* Der angenervte Ausgesperrte antwortete: *„Ich weiß den Code nicht, mach gefälligst die verdammte Tür auf, Du Neger!"*

Leider wusste er auch nicht, dass direkt neben dem Lautsprecher im Kontrollraum eine vierköpfige Besucherdelegation aus Ghana in Afrika mithörte.

Da gab es dann noch das Lotsen-Ehepaar Hans und Ellie Strünck. Hans war schon länger

"gegroundet", d.h. er durfte nicht mehr am Radarschirm arbeiten, weil er aufgrund seines Tinnitus vom Fliegerarzt nicht mehr tauglich geschrieben wurde. Ellie erzählte den Kollegen gerne, dass sie es ihrem Gatten einmal so besorgen wollte, dass ihm „sehen und hören vergeht". Sehen kann er noch, aber die Hörschwäche hat geklappt. Ein anderes Mal wollte Ellie eine gerade noch ausreichende Lücke zwischen zwei Landungen für einen schnellen Sofort-Start nutzen. Hektisch fragte sie den Piloten der zum Start bereiten Maschine: *„Are you ready for a Quicky?"* Eine solche Phraseologie fremde Vorlage schoss der Pilot volley zurück und sagte belustigt: *„Anytime lady, but first we have to fly to Berlin!"*
Richtig verrückte Situationen passierten dann natürlich auch in der Kölner Flugsicherung. Wie schon einige andere Kollegen zuvor, erschien auch ich einmal im Tower, obwohl ich frei hatte. Solche Fauxpas können bei unseren Wechselschichten und ständigen Tauschereien schon mal passieren. Einmal kam ich mit zwei verschiedenen Turnschuhen an den Füßen zum Frühdienst. Als rücksichtsvoller Familienvater habe ich mich im dunklen Zimmer angezogen, damit niemand geweckt wurde. Bleiben wir bei den Schuhen. Kollege Charlie liebt es, wenn Fluglotsen im Dienst ihre Treter ausziehen und unter dem Board abstellen. Liebevoll klaut er dann das Schuhwerk und deponiert sie auf dem Außenring des Tower Balkon.

Ende der Neunziger schleppte ich in den dunklen Morgenstunden volle Werbematerial-Kartons vom Auto zur Dienststelle. Damals gab es einen Sperrzaun und ein Drehkreuz vor dem Tower. Die Codekarte zwischen den Zähnen, zwängte ich mich mit den Kartons durch dieses dämliche Drehkreuz. Minuten später erkannte ich erst, dass man am Vortag den Zaun abgebaut hatte und nur noch das Rondell stand. Hoffentlich hat mich niemand gesehen.

Unvergessen sind weiterhin die Aktionen eines ehemaligen Wachleiter (Initialen Papa Fox, also PF). PF war der König des Fettnäpfchens Sprungs. Grundsätzlich vergaß er Schlüsselbund, Codekarte oder ähnliches im

Tower. So kam es, dass er sein Dienst-Handy schon einmal aus dem Eisfach unseres Tower-Kühlschrankes entnehmen durfte. Natürlich kannte niemand den Übeltäter. PF fuhr freundlicherweise manchmal Besucher unserer Niederlassung auf dem Flughafen herum. Einmal versenkte er dabei den Dienstwagen in einem sehr großen, frisch gegossenen Betonareal auf einem abgesicherten Taxiway.

Gerne erzählen wir auch von seinem vergessenen Handsprechfunkgerät auf dem Wagendach. Er fuhr los und Stunden später hat ein Follow-Me-Fahrer das Gerät gefunden. So wie der schon erwähnte damalige Mitarbeiter

Rind sein Büro abgefackelte, schaffte es auch PF seine Küche in Brand zu setzen.
Ein verhängnisvoller Anfängerfehler passiert, wenn man den lieben Kollegen berichtet, dass man als Fluggast am heimischen Airport unterwegs ist. Verkehrsleiterkollege Patrick Walterscheidt musste dies einmal schmerzlich bei seiner Ankunft am Urlaubsort erleben. Die lieben Kollegen von der Gepäckverladung wussten von dem Trip und umwickelten seinen aufgegebenen Koffer zärtlich mit zusätzlicher stabilisierender Plastikfolie. Als Patrick sein Gepäckstück am Zielort vom Band nahm, war eine 10 cm dicke Schutzschicht um seinen Koffer gewickelt.
Kollege Charlie Tacke war als Passagier in einer German Wings Maschine unterwegs und meldete telefonisch dem Tower die Landung seines Inlandfluges in Köln an. Er bat darum, dass wir ihm an der Parkposition der Maschine ein Flughafenfahrzeug schicken könnten, das ihn dann vom Innenbereich direkt zum Tower wo sein Auto parkte bringen würde. Natürlich hatte er an ein Follow-Me-Fahrzeug gedacht, doch wir schickten ihm ein klobiges Fäkal-Fahrzeug, das zum Auspumpen der Flugzeugtoiletten gebraucht wird.
Mehrmals haben wir schon junge Kollegen, die mit der neuen Freundin verliebt und händchenhaltend in ihrem Urlaubsflieger Richtung Startbahn rollten vom Cockpit grüßen lassen. Natürlich haben wir den Piloten erzählt,

dass der junge Kollege mit seiner Süßen auf Hochzeitsreise ist. Dies wird dann der gesamten Kabine verkündet und während zwei kostenlose Gläser Champagner gereicht werden, erhalten die vermeintlichen Honeymooner die Glückwünsche der Sitznachbarn.

Luftfahrt-Liebe

Kollegin Alexandra fliegt regelmäßig in den wilden Osten, damit sie ihren Schatz Mark, einen Fluglotsen aus Leipzig, besuchen kann. Ich glaube es war unser Tower-Oberbekloppter Charlie Muth (ist lieb gemeint), der Alexandra einen Streich spielen wollte und somit bat er die

Cockpit-Besatzung um Unterstützung. Die meisten Piloten haben einen ähnlich derben Humor wie wir und spielen dann gerne mit. Eine Flugbegleiterin teilte Alexandra, die als Lotsin bekannt war, während des Fluges mit, dass eine Kabinenkollegin plötzlich erkrankt sei und man nun zu wenig Personal habe um vor der Landung den ganzen Restmüll vom Catering einzusammeln. Unterschwellig suggerierte man Alexandra, doch beim Bedienen der Passagiere zu helfen, bzw. leere Getränkebecher und sonstigen Müll einzusammeln. Pape`se Alexandra, kommt nicht nur aus Birgel (Nachbarort von Gürzenich), sondern war auch noch auf meinem alten Gymnasium am Wirteltor in Düren. Menschen mit einem solchen Vorleben sind für ihre selbstlose Hilfsbereitschaft bekannt, und natürlich hat sie während des restlichen Fluges fleißig mitgearbeitet. Als die letzten Passagiere ausgestiegen waren, wurde meine junge Lotsenkollegin von der gesamten Crew mit Applaus bedacht und bekam einen kleinen Teddybären geschenkt. Die angeblich erkrankte Flugbegleiterin war auf wundersame Weise wieder total gesund und der Streich wurde gebeichtet. Alex nahm es mit Humor und schwor unserem Charlie Rache.
Wochen später bat mich Charlies Lebensgefährtin Mechtild telefonisch um Hilfe. Ihr Schatz wird in einigen Tagen doch 50 Jahre alt und sie möchte ihn mit einer überraschenden

Urlaubswoche auf Mallorca erfreuen. Wachleiter Mike und ich sorgten dafür, dass die Dienste des anstehenden Jubilars hinter seinem Rücken getauscht wurden und diese Umsetzung geheim blieb. Jedoch nur fast geheim, denn natürlich erzählte ich Alexandra von dem Abflug-Termin. Am Abreisetag setzte sie über Funk ihren ganzen weiblichen Stimmen-Charme ein, um die Unterstützung der Piloten zu ergattern. Hilfsbereit ließen sich die beiden überreden und versprachen sich einen Streich einfallen zu lassen. Kurz nach dem Start erhielten Mechthild und Charlie verwundert ein Gepäckverlust-Formular der Fluggesellschaft, denn es sei aufgefallen, dass ausgerechnet ihre Koffer nicht an Bord waren. Toller Urlaub, wenn man keine Wechselkleidung hat. Vor der Landung wurde der Spaß jedoch aufgeklärt und die beiden Entnervten waren sehr erleichtert. Mechtild simste mir sofort: *"Ihr Schweine. Wir haben Blut und Wasser geschwitzt. LG von den Urlaubern"*. Befreundete Piloten unterstützen uns gerne bei besonderen Aktionen. Als Kollegin Michaela ihren Traummann, den German Wings Kapitän Chris Pachlatko, heiratete, wurde der Hochzeitsgesellschaft bei der Open-Air-Feier im Eltzhof im schönen Kölner Westen eine sehr tolle Formations-Überflugs-Show, bestehend aus einer Piper Super Cup und einem Rettungshubschrauber geboten. Gezielt wurden noch harmlose lange Papierstreifen abgeworfen, um dem Hochzeitspaar eine Art

Tagesfeuerwerk zu kredenzen. Besorgte Mitbürger, die dieses Spektakel beobachteten und im Tower anriefen, musste ich am Telefon beruhigen.

Logischerweise passieren Faux Pas und Fettnäpfchen-Sprünge sehr oft unserer Kundschaft, den Piloten. Ein uns bekannter Segelflieger hatte seinen Langstreckenflug mit dem Segelflugzeug abbrechen müssen, da er sehr dringend pinkeln musste, aber kein entsprechendes Auffangbehältnis dabei hatte. Dies sollte ihm nicht noch einmal passieren. Vor seinem nächsten Langstreckenflug erhielt er von seiner Mutter eine schöne Tüte eingepackt, die im Falle eines Falles als Pippi-Auffänger dienen sollte. Als dann der entscheidende Augenblick kam, musste unser Pilot feststellen, dass es sich um eine nicht-wasserdichte

Brottüte handelte, die leider die gesammelte Flüssigkeit im Cockpit verteilte.
Unsere Rettungs-Hubschrauberpiloten (besonders der in Gürzenich aufgewachsene Sparbrodt`se Jörg, genannt „der Orange Baron") gehören, mit ihren Notarzt-Kollegen, ebenfalls zur extrem-schmerzfreien Fraktion der Luftfahrt. Einmal meldete sich ein Pilot vom Rettungs-Hubschrauber auf unserer Towerfrequenz beim Towerlotsen Charly Muth an: „*Hallo Tower hier ist CHRISTOPH EUROPA mit fünf Personen!*" Antwort: „Hallo! Fünf Personen? Ist ja ganz schön kuschelig bei Euch!" Pilot: „*Das stimmt, besonders mit dem noch warmen Brandopfer hier!*"

An manchen Tagen geht es ganz schön heiß zur Sache!

Dieses Kapitel könnte noch extrem verlängert werden, jedoch spare ich mir die eine oder andere Anekdote für die kommenden Seiten auf.
Wer jedoch auf skurrile Geschichten steht, dem lege ich den jährlichen „Darwin Award" ans Herz. Kaum zu glauben, auf welche Art sich Menschen selbst aus dem Gen-Pool schießen, indem sie auf unmöglichste Arten sterben oder unfruchtbar werden! Gibt's als Hörbuch oder natürlich im Web.

Prüfungsstress *(Unnötije Dreß)*

Alle drei Kinder befinden sich in der Berufsausbildung bzw. im Studium zum Beruf. Tim hat sein Elektrotechnikstudium in Aachen ad acta gelegt und lieber bei der Telekom eine Ausbildung angefangen, die jedoch auch im Elektrotechnikbereich angesiedelt ist. Laura studiert Psychologie *(Züscholojie)*, ebenfalls in Aachen. Chiara hat es zu ihren bayrischen Wurzeln nach Regensburg verschlagen, um dort Jura zu studieren. Die drei Zöglinge sind erfreulicherweise sehr ehrgeizig, aber müssen auch hart für ihren Berufswunsch lernen, damit alle geforderten Klausuren und Prüfungen erfüllt werden. Stress pur, jedoch erhalten alle insofern schon einmal finanzielle Rückendeckung, da sie sich grundsätzlich nicht um zusätzliche Faktoren wie permanente Geldnot sorgen müssen. Keiner muss nebenbei jobben, Alltagssorgen können bei mir geklärt werden. Chiara hat hier gottlob eine sehr tolle Unterstützung von ihrer Mama, Onkel Karl-Georg mit Gattin Sabine und den lieben Großeltern Ilse und Oswald aus Enchenreuth im schönen Oberfranken.
Ungerne erinnere ich mich an meine entscheidenden Prüfungsphasen, die mir so manch schlaflose Nächte bereitet haben.
Nach dem Gymnasium hatte es mich erst einmal zur Bundeswehr getrieben. Obwohl ich dies nie geplant hatte, nahm ich das Angebot doch für vier Jahre als Ausbilder in meiner

Grundausbildungseinheit zu verbleiben aufgrund fehlender Berufsperspektiven an. Nicht alles war toll an der alten Bundeswehr, aber damals lernte ich trotzdem viel für mein späteres Leben. Selbstständigkeit, Selbstbeherrschung, Selbstvertrauen, Verantwortung und Zuverlässigkeit waren in meinem Verhalten schon vorhanden, wurden jedoch hier einem Feinschliff unterzogen. Eine Prüfung, die mir damals viele Kopfschmerzen bereitete (heute kann ich darüber nur noch schmunzeln), musste auf meinem Unteroffiziers-Lehrgang in Goslar erfüllt werden. Nachdem die praktische Arbeitsprobe - meines Erachtens absolut zu Unrecht - mit einer schlechten Note bewertet wurde, stand ich nun unter enormem Leistungsdruck. Sollte ich meinen zweiten und letzten Unterricht auch verhauen, dann wäre der Lehrgang nicht bestanden und eine weitere Beförderung in meiner Stammkompanie wäre blamabel ausgeschlossen. Panische Verzweiflung wich in meiner Vorbereitungsphase schnell einem „Jetzt-erst-recht"-Trotz. Würde ich in meiner Unterrichtsprobe zum Thema „Alarmposten" untergehen, dann sollten die Kameraden wenigstens etwas zum Lachen bekommen. Am Wochenende vor der Arbeitsprobe ersann ich ein kleines Hörspiel für zwei Sprecher. Ein absolut unfähiger Ausbilder soll einem seiner untergebenen Rekruten, der als beobachtender Alarmposten in seinem getarnten

Deckungsstand liegt, eine absichtlich wirre Zielansprache befehlen. Anschließend hört man die Gedanken des verängstigten und eingeschüchterten Soldaten. Aufnahmeort war der Garten meiner Eltern, der schwachsinnige Ausbilder wurde von mir gesprochen, der Rekrut von meinem Kumpel Kiddel. Da Kiddel sehr humoristisch geprägt ist, konnte er sehr schöne Ideen mit einbringen (Anm.: Schon damals hatte er Texte verfasst. Eine Kurzgeschichte begann wie folgt: "Es war einmal ein junger Mann, der hatte so fettiges Haar, dass seine Freunde ihn den Öl-Prinz nannten!" Loriot lässt grüßen). Das knapp fünf-minütige Hörspiel wurde als provokanter Aufhänger für meinen Unterricht genutzt. Anschließend wurde das hoffentlich nun extrem aufmerksame Auditorium mit den vorschriften getreuen Details belehrt.
Tatsächlich hatte ich es geschafft, sogar die beiden stets düster dreinschauenden Lehrgangsleiter zum Lachen zu bringen und erhielt unter Beifall die Bestnote. Wieder etwas gelernt: Versuche Dein Publikum für Dein Thema zu interessieren und verhindere, dass jemand einschläft!
Dies gelang mir später sehr gut bei meinem Fluglotsen-Ausbilderlehrgang (ABQ), bei dem auch ich eine halbe Stunde auf Englisch über ein beliebiges Thema referieren sollte. Damals erläuterte ich meinen Lotsenkollegen, wie man richtig große Seifenblasen herstellt. Auch hier war ich auf der Erfolgsschiene, da ich an jeden

Kommilitonen die passenden Pustefix-Utensilien verteilte und auf mein Kommando dann der Unterrichtsraum von Seifenblasen überflutet wurde.
Humor ist und bleibt das Erfolgsrezept - bei Frauen und im Job.
Meine monatlichen Veranstaltungen im Tower sorgen auch weiterhin für informative und natürlich erheiternde Momente bei den maximal 27 Oberstufenschülern. Doch zurück zu den Prüfungen.
Mein erstes berufliches Zusammentreffen mit der damaligen Bundesanstalt für Flugsicherung (BFS) war 1988 der Einstellungstest zum Berufsbild Flugdatenbearbeiter am Opernplatz in Frankfurt. Ich habe keine große Erinnerung mehr an dieses Verfahren, kann also nicht so schlimm gewesen sein. Achtzehn Monate Ausbildung an der Flugsicherungsakademie in Langen folgten. Da ich als Lehrgangssprecher strebsam lernte, meist zusammen mit meinem alten Kumpel Markus Achten, waren die geforderten Klausuren und Simulationen kein Problem. Zweiter Teil der Ausbildung war dann an der zukünftigen Dienststelle, dem inzwischen geschlossenen Radar-Center in Düsseldorf (Düsenhausen, Düsseldoof). Es gab hier sehr nette Kollegen, aber die damalige Zeit wurde auch von einigen extrem arroganten Fluglotsen, Flugdatenbearbeitern und Verkehrspiloten geprägt, die mir meine ersten Wochen sehr erschwerten. Hätte ich bei der Bundeswehr

mein Selbstvertrauen nicht so gestärkt, dann wäre ich bestimmt in so manche Fußstapfen eines Vollidioten getreten und hätte mir dessen Marotte angewöhnt. Zum Glück gab es hier jedoch auch extrem nette Mitarbeiter, wie z.B. Peter Leyendecker, einer meiner ersten Ausbilder im Flugdatenbearbeitungsbereich, der kurz darauf jedoch in den Kölner Tower wechselte.
Nach knapp zwei Jahren Zulassungserhalt plante ich vorsichtig den Entschluss, doch einmal diesen verfluchten Fluglotsentest zu machen. *"Vergiss es Schmitz, Du hast keinerlei Chancen, denn selbst die alten Top-Flight-Data-Kollegen sind daran gescheitert!"*, prophezeiten mir alle netten und doofen Kollegen unisono.
"Es ene Ve`sooch määt!", dachte ich trotzig. Habe doch nichts zu verlieren und werde den Einstellungstest in Hamburg geheim während meiner Freizeit machen. Scheitere ich, dann weiß es niemand. Der fünftägige Fluglotsen-Eignungstest bei der DLR in Hamburg kann nur einmal im Leben gemacht werden. Es gibt keine Wiederholungschance und die Durchfallquote liegt bei ungefähr 95 %! Hier zwei typische Multitasking Testbeispiele: a) eine Stunde lang hört man über Kopfhörer im Sekundentakt Buchstaben. Hört man dreimal hintereinander Buchstaben mit der Lautendung „e" (c, w, d, etc.) wird Knopf Eins gedrückt. Zugleich leuchten in einer Anordnung von vier Lampen immer zwei auf. Erscheint zweimal

hintereinander die gleiche Kombination, muss man den zweiten Knopf drücken.
b) Über Kopfhörer hört man abwechselnd Buchstaben und Zahlen, jedoch werden auf jedem Ohr verschiedene Kombinationen zugleich abgespielt. Auf einer Kopfhörerseite erschallt ein Piep-Ton und nun soll man sich nur noch auf dieses Ohr konzentrieren, während der komplette Lärmsalat jedoch weiter läuft. Immer wenn ein Vokal auf dem Masterohr zu hören ist, muss eine bestimmte Aufgabe erfüllt werden.
In ähnlicher Weise gibt es dann diverse Tests zu räumlichem Vorstellungsvermögen, Teamfähigkeit, Mathematik oder Englisch. Zwischendurch werden immer wieder Kandidaten aussortiert und heimgeschickt. Des Öfteren beobachten die Psychologen das Verhalten des Prüflings. Bevor am letzten Tag die fliegerärztliche Tauglichkeitsuntersuchung kommt, hat man noch das Vergnügen einer aus vier Personen (damals fünf) bestehenden Prüfungskommission Rede und Antwort zu stehen. Nach diversen englischen und deutschen Interviews wurde kurz beraten. Der Vorsitzende meinte zu mir, dass sie nun die Testergebnisse besprochen hat und mir doch nahelegten, kein Lotse zu werden. Schnell fiel jedoch der geistige Groschen und ich fragte, ob ich denn nun bestanden habe oder nicht. Man bejahte meine Frage, aber ich sollte doch noch einmal den Beschluss überdenken. Selbstsicher antwortete ich: *„Natürlich werde ich Fluglotse!"*

Auf einmal lächelten diese hundsgemeinen Kerle und ich bemerkte, dass nun auch dieser letzte Test überstanden war. Kollegen, Wachleiter und Ausbildungsbeamte der Düsseldorfer Dienststelle staunten nicht schlecht, dass der Schmitz einfach so den Test machte und bestanden hat. Natürlich musste ich wieder für knapp ein Jahr an die Flugsicherungsakademie, um später dann zum weiteren Lotsentraining erneut in meinem alten Radar-Center zu landen. Junge Lotsen, die zwei Jahre zuvor ihre Ausbildung begonnen hatten, waren inzwischen voll-lizensiert und hatten sich teilweise der arroganten Arbeitsweise angepasst. Hier wollte ich nicht unbedingt mein Leben lang bleiben und erkundigte mich nach einer möglichen Versetzung in den Kölner Tower, um dort die Ausbildung zu beenden. Wiederum hörte ich von allen Seiten, dass ich in Köln keinerlei Chance hätte, da Hamburg und eben Köln bekannter Weise durch den anspruchsvollen Mischverkehr zu den schwersten Ausbildungsplätzen Deutschlands zählen. Erneut setzte ich meinen Willen durch und mit Hilfe meines alten Freundes Peter Leyendecker wechselte ich einen Monat später ins gesegnete Millionen-Dorf mit Dom. Durchweg tolle Atmosphäre und klasse Kollegen prägten auf einmal den Arbeitsalltag. Nach monatelangem Training nahte der Tag der Abschlussprüfung, dem Check-Out. Montags sollte mich eine Prüfungskommission im „live-traffic" beobachten und bewerten. Natürlich war ich Tage vorher sehr nervös und konnte schlecht schlafen, denn von dieser Prüfung hing sehr viel ab. Unser Sohn war geboren und Kind Nummer Zwei unterwegs. Der Neubau musste abbezahlt werden und auf gar keinen Fall wollte ich zurück in meinen Job als Flugdatenbearbeiter. Am Sonntag vor dem Check-Out besuchte uns mein älterer Bruder Volker mit seiner damaligen Freundin Stefanie, die heute seine Ehefrau ist. Während in der Küche Waffeln gebacken wurden, hörten wir von der Straße her meinen alten Nachbarn Willi verzweifelt meinen Namen rufen. Volker und ich stürmten hinüber zu dem Haus des Rentner-Ehepaares und entdeckten den aufgewühlten Ehemann bei seiner erhängten Frau. Während er in einem naheliegenden Café einige Kuchenstücke kaufte, hatte sie Selbstmord begangen. Volker ist seit vielen Jahren in der Freiwilligen Feuerwehr von Gürzenich und befahl mir besonnen alle nötigen Handgriffe. Eine Wiederbelebung der alten Dame gelang weder uns, noch dem Notarzt. Da es sich um einen unnatürlichen Tod handelte, wurden wir Brüder noch eine Zeit lang von der Kriminalpolizei verhört. Nachts träumte ich natürlich von dem Vorfall, vergaß aber total, mich vor dem Check-Out zu fürchten. Am nächsten Morgen begrüßte mich die Prüfungskommission und fragte mich nach meinem Befinden. Lapidar erzählte ich in

wenigen Worten von dem Selbstmord, keiner nahm mich Komiker ernst. Kollege Charly Tacke legte mir noch, nach alter Tower-Manier, einige aktuelle Zeitungs-Stellenanzeigen an den Arbeitsplatz und meinte lustig: *„Für de` Fall dat et nitt klappt!"* So sind wir halt - immer hilfsbereit und einen Plan B in petto (als Wachleiter Mike sich mit einem Gepäckträger-Expander fast einmal ein Auge weggeschossen hatte, erklärte ihm Charly Muth, dass einer weiteren Karriere in der Unternehmenszentrale nichts im Wege stehen würde, denn unter den Blinden ist der Einäugige doch der König!).
Erst später, als ich bestanden hatte, kapierten die Prüfer mein Vortagserlebnis. Entsetzt entschuldigte man sich bei mir. Abends war dann meine Check-Out-Party beim Mexikaner in Deutz. Schwer alkoholisiert hatte ich irgendwann einen Filmriss, doch einige Kollegen erzählten mir von diversen lustigen und verrückten Ereignissen des Abends. Angeblich soll ich mich sogar mit einigen brutal aussehenden Rockern angelegt haben. Ich weiß nichts mehr!
Moral von der Geschichte: Glauben Sie nicht sofort allen Hiobs-Botschaften. Holen Sie sich eine zweite Meinung ein und bleiben positiv.

Handball Allround
(Beklopp` op Handball)

Auf dem Dachboden befindet sich ein Schrank mit zahlreichen Fotoalben, in dem für mich interessante Lebensphasen der ersten vierzig Jahre dokumentiert sind. Bevor die kostengünstige digitale Fotografie, mit ihren endlosen Speichermedien, die veralteten Papierfotos ablöste, sortierte ich sehr akribisch meine alten Meisterwerke. Neulich durchblätterte ich mein altes dickes Handball-Erinnerungsalbum. Auf den ältesten Ablichtungen waren wir gerade erst acht Jahre alt. Mein Kumpel Georg hatte mich damals im dritten Schuljahr zum Handballtraining in die, für diese Sportart absolut ungeeignete, kleine Turnhalle der Hauptschule mitgenommen. Beim Training waren sogar 17 und 18 jährige Kerle dabei, die uns Luftschlangen körperlich weit überlegen waren. Ganz genau kann ich mich noch an das ewige Bauchmuskeltraining von Weiler`se Mäthes erinnern. Gerade auf dem Hallenboden sitzen und die ausgestreckten Beine anheben. Ähnlich wie beim Schwangerschafts-Wehen-Training kommt es hier darauf an, durch richtiges Atmen den Schmerz zu ignorieren. Einige Jahre und diverse Kreismeisterschaften später, wurde in der großen Sporthalle trainiert. Obwohl ich nie in sehr hohen Klassen gespielt hatte, natürlich weil mir hierzu das richtig große Talent fehlte, trainierte ich sehr gerne zweimal die Woche. Die Handballabteilung des Gürzenicher Turnvereins (GTV1881) wurde im Jahr 1923 gegründet. Gespielt wurde natürlich Feldhandball, da der Hallenhandball erst in den 70ern populär wurde. 1951 stieg unsere Mannschaft in die damals höchste deutsche Spielklasse, die Oberliga auf. Viele der alten Spieler-Recken von damals lernte ich noch kennen. Doch zurück in die Halle. Manchmal hatte uns am Wochenende sogar mein Papa begleitet und in seiner Funktion als Schiedsrichter stets fair gepfiffen. In den langen Handballjahren gewann ich mit meinen Mannschaften diverse Meisterschaften. Die gewonnenen Pokale wurden zu den zahlreichen Erinnerungsstücken der Handballgenerationen vor uns im Vereinslokal Schulz (später im Lokal von Clemens`se Bulle und Katja) ausgestellt. Am längsten spielte ich in der zweiten Seniorenmannschaft. Öfters hatten wir das Vorspiel von der ersten Herrenmannschaft, die einige Klassen höher spielte. War immer schön, vor knapp 300 Zuschauern zu fighten und anschließend eventuell noch in der ersten Mannschaft auszuhelfen, da ein Spieler kurzfristig erkrankt war. Obwohl ich mit meinen Kameraden der Zweiten Mannschaft den Hallenboden schon 60 Minuten voll geschwitzt hatte, musste ich mich nun doch wieder synchron mit der Ersten Mannschaft läuferisch aufwärmen. Nach dem Spiel traf man sich

wieder im Vereinslokal. War eine tolle Zeit, die mir in meinen letzten Handballjahren dann immer mehr vermiest wurde. Mit über vierzig Jahren half ich ab und zu im „Hundert-Liter-Sturm", also unserer dritten Mannschaft aus. Regelmäßiges Training war durch Schichtdienst nicht mehr möglich, aber in dieser Klasse auch nicht nötig. Die meisten Handballkameraden spielten aus Begeisterung, körperlich fehlende Kraft wurde durch Talent und Übersicht ersetzt. Letzteres fehlte jedoch trotzdem bei einigen wenigen unserer Mitspieler und es gab unschöne Fouls und dämliche Diskussionen mit den Schiris; im Handball extrem verboten. Revanche-Fouls, wie Schlag in den Unterleib oder Biss ins Ohr des Gegners, waren mir absolut zu asozial, dafür war mir die Freizeit zu schade. Zudem war ich immer der Meinung, dass man trainingsfleißigere junge Spieler nicht auf der Bank versauern lassen sollte, nur weil alte Säcke, wie ich öfter das Tor trafen.
Aber blättern wir weiter im Fotoalbum. Am Gründonnerstag fand immer unser Oster-Turnier statt, bei dem alle teilnehmende volljährigen Spieler verschiedenen Teams zugelost wurden und nach zahlreichen Partien die Sieger-Mannschaft im Vereinslokal bejubelt wurde. Es folgte das jährliche Eier-Tippen. Mitgebrachte bemalte Ostereier wurden in knallharten Duellen aneinander getippt, bis zu guter Letzt der Eierkönig das heile Sieger-Ei präsentierte.

Oellers'se Guido hatte in einem Jahr ein bemaltes Gips-Ei als Geheimwaffe eingesetzt, der Betrug flog jedoch auf und eine Lokalrunde auf seinen Deckel wurde ausgegeben. Der Verein spendierte belegte Brötchen, damit die vielen Eier im Magen nicht nur im Bier schwimmen mussten. Für den nötigen Biernachschub sorgte Wirtin Clemens'se Katja, damals auch „Asbach-Stößchen Katja" genannt. Katja war eine sehr rigorose und konsequente Wirtin. Als Bruder Winni einmal mit einem 2-DM-Geldstück dem Spielautomaten der Gaststätte hundert Freispiele entlockte, zog Katja schon nach kurzer Zeit den Stecker des Automaten, da sie Feierabend machen wollte.

Zurück zum Eier-Tippen: Adels'se Jupp, einer der richtig alten Vereinshasen, verteilte nach alter Tradition das „Adels-Bräu", einen leckeren Magenbitter.

Das Vereinslokal war sehr oft auch der Startpunkt unserer jährlichen Handballtour. Hier trank man erst einmal einige Pils oder Kölsch, bevor es dann mit Bus oder Bahn zu unserem Wochenendziel ging, dass meist an der Mosel oder am Rhein lag. Während der Fahrt trank man erneut einige Pils oder Kölsch oder beides zugleich. Anfang der 90er führte uns eine Handballtour nach Unkel. Zufällig war dort an diesem Wochenende ein Stadtfest und Marktschreier-Tage. Unsere Ankunft im Hotel verspätete sich etwas, da wir noch einige Zwischenbier nahmen, viele Kameraden am

Kinderschminkstand sich die Gesichter bemalen ließen und den Marktschreiern auf der Bühne lautstarke Unterstützung anboten. Auf einem Foto sehe ich noch mein geschminktes Gesicht: Das grün-weiße Vereinswappen - bin halt Patriot. Im Zimmer ganz kurz frisch machen, anschließend etwas schön fettiges essen, damit das nächste Bier auch schmeckt. Die Abende auf den Touren liefen sehr verschieden ab, regelmäßig hat man beim Frühschoppen am nächsten Tag schon das Meiste vergessen. Aber an diverse Ereignisse kann ich mich noch sehr gut erinnern. Bei einer Handball-Tour nach Cochem blieb ich relativ nüchtern, da ich den Handballkameraden Schmitz`se Manni begleitete und die halbe Nacht im ortsansässigen Krankenhaus verbrachte. Manni wollte wohl einen Streit in der Kneipe schlichten und hat von einem unbekannten Dorf-Rowdy eine Glasscherbe durch sein Gesicht gezogen bekommen. Die Narbe auf der Wange ist heute noch gut zu sehen und macht ihn noch männlicher. In einem anderen Jahr fuhren wir mit der Bahn zu unserem Ziel. Bruder Winni hat sich am Visitenkartenautomat des Bahnhofs kleine Kärtchen drucken lassen, die ihn als Damen-Coiffeur vorstellten. Sprach er abends ein hübsches Mädchen an, verteilte er seine Visitenkarte und untersuchte erst einmal intensiv die Kopfhaut des Mädchens. Spliss an den Haarspitzen ist eine ernste Sache und muss ausgiebig besprochen werden. Vetter

Oellers`se Guido baggerte, inzwischen volltrunken, ein gut aussehendes Mädel an. Wir mussten ihn jedoch nach einiger Zeit informieren, dass dieses Mädel ein verkleideter Kerl, also ein Transvestit, ist. Entsetzt griff Guido ihm prüfend zwischen die Beine und ballerte dem Typ eine. Schleierhaft erinnere ich mich noch, dass wir wohl am gleichen Abend mit mehreren Spielern ein paar Mädels nach Hause begleiteten, dort ein paar Bier tranken, um dann knapp fünf Kilometer Fußweg entlang der Mosel zurück in unsere Herberge zu gehen. Zimmerkollege Guido hatte etwas Pech mit seinem Bett, da der Federrahmen zusammengebrochen war. Sein Hintern berührte die ganze Zeit den Boden, während er in V-Stellung auf dem Rücken liegend einen komatösen Schlaf hatte. Am nächsten Tag hatte er wahnsinnige Rückenschmerzen, die mit einigen Bier betäubt wurden. Seltsamerweise waren die 20 Jahre älteren Handballer, wie Stückchen`se Ulli, Vonderhagen`se Jünther (Pollesmaar-Khomeni), Kuck`se Dieter, Wirtz`se Egon, Spölgen`se Herbert usw. usw., am nächsten Morgen stets fit und munter. Das muss die alte Schule sein. *Wer Ovens suffe kann, kann och am nääste Morje beem Frööschoppe sin!* Mirgel`se Herbert, ebenfalls einer dieser alten Recken, hatte einmal einen Moselwirt überlistet und einen Barhocker mitgehen lassen. Er hat dem Wirt leise zugeflüstert, dass eine Wette mit den

Handballkameraden um 100 DM bestehen würde. Wenn Herbert es schafft einen Barhocker zu klauen, dann bekäme er den Wetteinsatz. Er bot dem Wirt nun freundschaftlich an, ihn doch mit der Sitzgelegenheit aus der Lokalität ungehindert gehen zu lassen, dann würde man sich den Wettgewinn später teilen. Der Wirt stimmte geldgierig zu. Herbert hatte jedoch die ganze Wett-Geschichte erfunden und der Wirt wartet heute noch auf seinen Thekenstuhl und die versprochenen 50 DM.

Mein Fotoalbum beherbergt viele Bilder von unseren Trainingslagern, zum Beispiel in Frankfurt oder Oldenburg. Erinnerungen an die vielen Trainingseinheiten, Waldläufe, Salztabletten futtern, Kraftmaschinen-Zirkel und Saunagänge werden wach. Hat man bei einer Trainingseinheit sehr viel mit schweren Medizinbällen hantiert, so fühlte sich der Handball anschließend wunderbar leicht an und der Schlagwurf knallte noch härter. Ist man in einem Zeitraum von zwei Stunden gezwungenermaßen meist im Skipping-Modus über die großen Sprungmatten gesprintet, klappte der Sprungwurf anschließend wunderbar. Verliert man jedoch dann anschließend in einem Trainingsspielchen gegen einen klassenbessere Oldenburger A-Jugend-Mannschaft (!) hoch, wird schnell ersichtlich, dass leistungsmäßig nach oben hin noch Potenzial fehlt.

In meiner kleinen Handball-Welt erinnere ich mich gerne an ein eigentlich belangloses Saisonspiel gegen Aldenhoven. Der Gegner stand schon als Meister fest, für Gürzenich war hier nichts zu holen. An diesem Sonntagmorgen hielten es dann einige unser Mannschaftskollegen für unnötig zu erscheinen, somit hatten wir nur fünf Feldspieler und einen Torwart. In diesem Spiel warf ich siebzehn Tore, davon vier Siebenmeter-Strafwürfe. Irgendwie gelang jeder Freiwurf und jeder Spielzug, obwohl wir in der Unterzahl waren und ich Manndeckung bekam. Der Leser ist nun bestimmt gelangweilt, aber es war schon bemerkenswert, dass in der sehr gut gefüllten Halle des Gegners, trotz frischem Meistertitel, überhaupt keine Stimmung aufkam, obwohl man schließlich doch mit 8 Tore den Gast aus Gürzenich besiegte. Wir hatten zwar verloren, aber die Heimmannschaft blamiert. Einige Jahre später wurde diese Halle vom Schaufelradbagger der Rhein Braun gefressen. Das habt ihr nun davon.
Hoppla, jetzt habe ich im Album einen alten Zeitungsartikel mit einem schönen Foto entdeckt. Berichtet wird von unserem 75 jährigen Jubiläum der Handballabteilung. Am 25.07.1998 durfte ich gegen den Bundesligisten VfL Gummersbach mitspielen, den man zu unserem Festakt eingeladen hatte. Auf dem Zeitungsfoto stehe ich hinter dem in vorderer Reihe knienden Südkoreaner Kyung-shin Yoon.

Heiner Brandt soll diesem 2,04 m großen Ausnahmetalent den Spitznamen „Nick" gegeben haben, da dieser bei seinem Bundesligadebüt zwei Jahre zuvor kein Deutsch konnte, aber auf jede ihm gestellte Frage freundlich nickte. In unserem Freundschaftsspiel gegen Gummersbach wurde der ausverkauften Halle natürlich kein bierernstes Spiel geboten, im Gegenteil. Klasse Handballtricks, tolle Spielzüge und so manche Show-Einlage zum Lachen. Nick Yoon war überragend, im wahrsten Sinne des Wortes. Zufällig verließen wir nach dem Spiel zeitgleich unsere jeweilige Umkleidekabine und er sprach mich in einem schon sehr guten Deutsch an. Er fragte höflich wie denn der Ort heißt wo er sich hier gerade befindetund lobte unsere ehrgeizige Mannschaft. Vor der Hallentür wurde er schon von vielen Autogrammjägern erwartet, signierte fleißig Bälle und Poster. Kaum zu glauben, aber auch von mir wollte man Autogramme; ich wurde von den Nicht-Gürzenichern wohl als Bundesligaspieler abgestempelt. Was solls? Also signierte ich einige Oberflächen. Unter anderem wollte eine ca. 18 Jahre junge Dame ihr Dekollete beschriftet haben. Ihre Brüste hießen anschließend Yoon und Schmitz. Meine Mitspieler lachten sich scheckig.
Meine Kinder und ich haben Nick später einige Male in der Köln-Arena spielen sehen. Sollten Sie den Kerl in Wikipedia aufrufen, dann finden Sie auch folgende Daten: zwischen 1996 und

2006 war er acht Mal Torschützenkönig der Handball-Bundesliga. Er warf 2905 Tore, davon 643 Siebenmeter. Damit ist er die Nummer Eins der ewigen Torschützenliste und hat in 406 Ligaspielen im Durchschnitt 7,2 Tore geworfen. In Südkorea ist er Sportler des Jahrhunderts, 2001 war er der Welthandballer. In Fernsehinterviews auf den Sportkanälen spricht der Kerl fließend Deutsch. Dieses Phänomen beobachte ich bei eigentlich allen ausländischen Handball-Spielern; die Athleten spielen bei uns in der besten Liga der Welt und lernen unsere Sprache. Könnten sich viele Profi-Fußballer eine Scheibe von abschneiden.
Die Kiddies und ich haben später oft große Handball-Turniere live in den Arenen gesehen. Bei diversen Final-Four in Köln sahen wir die besten Vereinsmannschaften der Welt und bei mindestens zwei Weltmeisterschaften waren wir hautnah dabei. Das aufregendste Handballspiel aller Zeiten wird für mich immer das Halbfinale gegen Frankreich bei der WM 2007 in Deutschland bleiben. Die Eintrittskarten habe ich natürlich auf „gut Glück" gekauft, man weiß ja nicht vorher, welche Partie in den Finalen gespielt wird. Deutschland gewann erst in der zweiten Verlängerung und über 18.000 Zuschauer in der Köln Arena machten dieses Spiel nachweislich zum lautesten Match aller Zeiten. Als wir uns die Aufzeichnung der Live-Übertragung noch einmal am Fernseher ansahen, hatte das Spiel noch immer nicht an

Spannung verloren. Anmerkung am Rande: Vor dem Spiel wurden natürlich die Nationalhymnen gesungen. Nach einer Großaufnahme des singenden Bundespräsidenten Horst Köhler wurde dann ebenfalls eine Nahaufnahme meines singenden Sohnes Tim gezeigt. Chiara ist seit diesem Spiel ein riesiger Fan von Oliver Roggisch. Die DVD zur Handball WM in Deutschland (Projekt Gold) hat sie sich wohl hundertmal angeschaut. In einer Szene hat sich Ollie an der Stirn verletzt, so dass sein Gesicht voller Blut war. Spieler mit blutenden Wunden dürfen nicht weiter in der Halle bleiben und werden sofort ärztlich versorgt. Der Mannschafts-Doc fragte ihn nur kurz: *"Betäuben oder sofort tackern?"* Natürlich eine überflüssige Frage. Der Bursche wollte schnell weiterspielen, also tackern und kleben. Tatsächlich hatte ich früher als Spieler bei einem Match in einer Bonner Halle eine ähnliche Wunde über dem Auge. Das Trikot hatte schon allerhand Blut abbekommen und während ich in die Kabine ging, schauten mich die Zuschauer ganz entsetzt an. Schmerzte kein bisschen, aber gegen Ollie Roggisch bin ich ein totales Weichei.
Mit Tim und Laura bin ich an einem Wochenende im Januar 2009 tatsächlich mit dem Auto zum WM Endspiel nach Wien gefahren. Enttäuschender Weise waren die Deutschen nicht im Endspiel, sondern

Frankreich und Kroatien. Die Kinder und ich hatten trotzdem eine Menge Spaß!
Klasse, so ein Fotoalbum. Leider habe ich überhaupt kein Foto von den zahlreichen Weihnachtsfeiern der großen Handball-Familie. Nie vergesse ich die mit Spannung erwarteten Auftritte von Nikolaus Cremer`se Gerd und dem besten Hans Muff aller Zeiten, Heimbach`se Christian. Der kleine, aber brutale, schwarz angemalte Hans Muff bestrafte mit seiner Reisigrute ausgiebig trainingsfaule Spieler oder knutschte mit seinem Spezial Make-Up Spielerfrauen. Bei der anschließenden Verlosung gewann ich jedes Jahr eine der zahlreichen Backmischungen. Falls jemand noch Dokumente dieser herrlichen Gaudi hat, dann bitte an mich kurz ausleihen.
Jetzt wird dieses Album geschlossen, denn es dürstet mich nach einem Bier.

Ich kaufe nichts
(Maach Dich fott, isch will nühß)

Schon früh habe ich versucht, den Kindern meine Einstellung gegenüber Bettlern, Hausierern, aufdringlichen Verkäufern und weiteren Mitmenschen, die an unser Geld möchten, zu verinnerlichen. Dabei wird eine klare Grenze gezogen, ob ein Mensch unverschuldet in eine menschenunwürdige Lage geraten ist, ob er für seine erbrachte Dienstleistung Geld erbittet oder ob er nur ein Gauner, Betrüger, Nepper oder Schlepper ist. Vielleicht ist hier nicht jeder Leser meiner Meinung, aber ich höre mir sehr gerne Gegenargumente an. Jeder kennt um Geld bittende Menschen in den Fußgängerzonen oder ähnlich belebten Plätzen. Hat ein Straßenmaler ein Bild auf den Gehwegplatten gezeichnet, steht ein verkleideter Pantomime unbeweglich zum Foto bereit oder erfreuen uns zahllose Straßenmusiker mit ihren Instrumenten, dann habe ich meistens meinen Zwergen etwas Kleingeld in die Hand gedrückt, damit sie es dem Künstler geben konnten. Wer arbeitet, um uns zu erbauen, der hat auch einen Lohn verdient. Auch so mancher frierende Bettler erhielt ein Almosen, jedoch verwischen hier schon die Grenzen. Handelt es sich um einen einfachen Obdachlosen oder ist hier die durchorganisierte osteuropäische Großfamilie im Einsatz, bei der am Tagesende das

Familienoberhaupt seine zahlreich bettelnden Kinder und Frauen im Mercedes einsammelt? Auch bei offensichtlichen Drogenjunkies oder Alkoholikern bleibt mein Portemonnaie verschlossen. Der junge Punker sitzt mit seinen Kumpels und mehreren Hunden vor der Ladenzeile, spielt an seinem Handy und fragt mich: *„Haste mal nen Euro, ich hab Hunger!"* Wer diese und ähnliche Situationen nicht kennt, sollte einmal auf der Domplatte und dem Kölner Bahnhofsvorplatz herumschlendern. Spaßeshalber habe ich den bittenden Jugendlichen jeweils einen Job an meiner Baustelle angeboten. Keiner, wirklich keiner, zeigte auch nur den Hauch an Interesse, Geld durch Arbeit zu verdienen.

Als ich einmal von einem Großeinkauf aus unserem Supermarkt kam, kaufte ich einer jungen Dame eine Obdachlosen-Zeitung ab und gab ihr noch einen Euro extra. Die Lebensmittel hatte ich im Kofferraum verstaut, als ein junger ungewaschener Kerl mit Kippe im Mundwinkel mich anpöbelte und sagte: *„Kann ich 50 Cent haben, ich hab` Hunger?"* Noch immer von der Aura der Mildtätigkeit umgeben, wollte ich ihm anbieten, den Einkaufswagen 10 m weiter in die Wagenstation zu bringen und das 1 Euro Stück zu behalten. Leider unterbrach er mich mitten im Satz, spuckte vor mir auf den Boden, beschimpfte mich als korrupte Kapitalisten-Sau und ging. Während ich den Wagen selbst zurückbrachte, sann ich darüber nach, ob man

bei diesem Kerl wohl aus Versehen die Nachgeburt aufgezogen hatte.
Kommen wir zu den aufdringlichen Verkäufern. Ob mir im Laufe der Jahre diverse Ware auf dem Parkplatz, am Telefon oder an der Haustüre angepriesen wurde, immer waren es Dinge oder Leistungen, die aufgeschwatzt werden sollten. Natürlich lernt man aus diesen Erfahrungen und legt sich einen Schutzpanzer zu. Im ersten Jahrzehnt des neuen Jahrtausends wurde die Telefonnummer eines Händlers im Display nicht angezeigt. Spurtete man nach längerem Klingeln (meist aus der Dusche) zum Telefon, ergab sich des Öfteren folgender Dialog:
„Hallo, hier ist Dietmar Schmitz!".
Eine Damenstimme antwortet:„ *Guten Tag, Herr Schmitz, mein Name ist Schnüffelbier von der Ost-Süddeutschen Klassenlotterie. Spreche ich mit Herrn Dietmar Schmitz?*".
„Ja, das sagte ich doch."
„*Oh, das hatte ich nicht verstanden.*".
„Hatten Sie doch, aber auf Ihrem Zettel steht, dass sie den Namen noch einmal zu erfragen haben! Aber für Ihre Unterlagen: Dietmar Schmitz, mit tz wie Tür zu!".
„*Herr Schmitz, Sie als guter Playkack-Kunde erhalten nun das einmalige Angebot, an unserer erfolgreichen Tippgemeinschaft teilzunehmen …(es folgt ein Schwall anpreisender Informationen) …Herr Schmitz, wäre das nicht ein super Angebot für Sie?*".

„Nein Danke, kein Interesse!".
„Wollen Sie etwa kein Millionär werden? Unsere Tippreihen sind extrem erfolgreich."
Mit ruhiger Stimme antworte ich abschließend: „Dann schlage ich Ihnen freundlichst vor, doch selbst daran teilzunehmen. Somit ersparen Sie sich diesen nervigen Job. Wünsche Ihnen einen schönen Tag und streichen Sie mich bitte aus Ihrer Kundenliste." Meine Antworten erscheinen flapsig und unfreundlich, aber in diesen Jahren haben wir täglich mehrere ähnliche Anrufe erhalten. Vertrösten auf einen späteren Zeitpunkt brachte gar nichts, die Rückrufe kamen regelmäßig. Ein Weinhändler nervte mindestens zweimal wöchentlich. Immer versuchte ich höflich abzuwinken, jedoch gab es keine optimale Gegenreaktion. Also ließ ich mir sechs verschiedene Gratis-Weinflaschen vor die Haustür stellen. Meine Freundin und ich tranken den trockenen Rotwein mit Genuss. Drei Wochen später war wieder der Weinhändler in der Leitung. Auf die Frage, ob uns der kostenlose Wein gemundet habe, erklärte ich ihm, dass ich doch lieber Biertrinker bliebe. War zwar gelogen, aber ich hatte endlich Ruhe.
Die folgende Kategorie beschäftigt sich mit den Hausierern, also Händlern, die ihre Ware an der Haustür feilbieten. Meine Mama könnte hier aus ihrem langjährigen Repertoire schöpfen. Der Bäcker, der Milchmann oder der Bofrost-Fahrer waren gerne willkommen und meist unaufdringlich. Es gab aber auch andere

seltsame Gestalten. In der Zeitung las man oft über bettelnde Zigeuner, die an der Haustür den Besitzer ablenkten, während durch die Hintertür der dazugehörige Dieb einstieg. Also wurden diese Zeitgenossen schnell abgefertigt und das Heim mit Argusaugen beschützt. Ein junger Mann klingelte einmal in den Morgenstunden bei uns, erklärte dass er ein ehemaliger Häftling sei und nun Zeitschriften-Abos verkaufe. Meine Mutter lehnte dankend ab und erklärte ihm freundlich, dass wir sowohl die Dürener Zeitung, die HörZu, als auch die Kirchenzeitung abonnieren.
Erbost fragte diese Luftpumpe dann: *„Haben Sie was gegen Knackies?".*
Meine Mutter verneinte erstaunt.
„Dann kaufen Sie mir gefälligst was ab, um das auch zu beweisen!". Die Haustüre wurde sofort geschlossen.
Auch ich hatte eine nette Haustür-Geschichte. Meine Frau und ich waren frisch geschieden und fast die komplette Hauseinrichtung, wie von Zauberhänden, aus meinem Wohnbereich verschwunden. Eines Tages klingelte es und ich öffnete einer attraktiven Dame von der Firma Vorwerk. Die hübsche Frau wollte mir neue Staubsaugerbeutel verkaufen, so wie es zahlreiche ihrer Kollegen vorher auch schon erfolgreich gemacht hatten. Leider musste ich Ihr erklären, dass unser schöner Staubsauger ein neues Zuhause bei meiner Ex-Frau hat. Sie bot mir ein neues Gerät an, aber dafür hatte ich

nun wirklich kein Geld. Sie blickte mir tief in die Augen und fragte:" *Das ist aber schade. Sie sind so ein netter Mann. Kann ich denn sonst irgendetwas für Sie tun, egal was?*". Ich Idiot sagte: „Nein, leider nicht!". Sie ging grußlos.

Manchmal bin ich ganz schön schwer von Begriff!

Die nächste Stufe der Geldabknöpferei bringt uns schon auf einen kostspieligeren Level. Nun versuchen gut gekleidete Bankkaufleute oder Versicherungsagenten Zusatzpakete anzudrehen, die man tatsächlich nicht braucht. Im Zeitalter des Internets hat man gottlob viele Möglichkeiten unnötige Leistungen oder Tarife zu hinterfragen. Auf unsere Eltern werden meine Brüder und ich aufpassen, da die alten Herrschaften mit dem World Wide Web nicht so bewandert sind. So wie ich meinen Strom-, Gas- oder Wasseranbieter wechseln kann, werde ich auch ohne zu zögern mein Kreditinstitut wechseln. Warum soll ich für ein Girokonto, eine EC-Karte oder Kontoauszüge bezahlen, wenn ich diese auch kostenlos bekommen kann? Vor Jahren hat mich ein alter Klassenkamerad freudestrahlend zum Bier eingeladen, Smalltalk gehalten und wollte mir zu guter Letzt ein komplettes Lebensversicherungspaket andrehen. Als ich ihm erklärte, dass ich ein solches Paket schon habe, wechselte die Stimmung schlagartig und er beendete sehr schnell die Unterhaltung. Was für eine arme Wurst.
Im Alter von etwa 20 Jahren haben Bruder Volker, unsere Freundinnen und ich im vollen Bewusstsein an einer dieser Nepp-Kaffeefahrten teilgenommen. Jeder Teilnehmer, der bereit war, mit dem georderten Bus in die tiefste Eifel zu einem einsamen Restaurant am Arsch der Welt zu fahren, sollte ein 30 teiliges-

Kaffeeservice erhalten. Fast drei Stunden wurde unsere Gruppe in einer umgebauten Scheune von dem Verkaufs-Heini zu getextet. Während wir vier einen ausgedehnten Spaziergang unternahmen, bekamen viele ältere Gürzenicher Damen und Herren unnützen Plunder wie Heizdecken, Magnetarmbänder und astrologischen Krimskrams zu total überteuerten Preisen verkauft. Zuerst wollte uns ein Spargel-Tarzan dieser Firma am Verlassen der Scheune hindern, jedoch gaben wir ihm ein aufmunterndes *„Geh zur Seite, sonst Schmerzen"* mit und er ließ uns passieren. Die versprochenen kostenlosen Kaffeeservice sollten später nach Hause geliefert werden. Alle Teilnehmer warten heute noch darauf!
An einem Sommertag 2013 arbeitete ich vorne an meiner neuen Baustelle. Ein dicker BMW mit zwei sehr schick gekleideten südländischen Mittzwanzigern hielt an und man schenkte mir einfach so eine original eingepackte No-Name-Bohrmaschine. Gelangweilt sagte ich Danke und stellte die Maschine durch das offene Fenster in das Haus. Mal schauen, was die beiden jetzt dafür verlangten. Sie waren bis gerade auf der Fotomesse in Köln und würden mir sehr gerne eine tolle Kamera verkaufen. Aha; geklaute Ausstellungstücke auf der Straße verramschen. *„Ich habe leider nur 10 €",* log ich ihn an. Er wollte mindestens 100 € haben und war bereit, mich nach Hause zu begleiten. Wiederum log ich den Burschen an und erzählte

ich würde in Köln wohnen. Nun war er nicht mehr so freundlich und wollte die Bohrmaschine wieder haben. Die habe ich jedoch behalten, denn er hatte sie mir doch geschenkt. Fluchend fuhren die beiden weiter. Die Bohrmaschine hat ungefähr zwei Wochen funktioniert, dann ist sie durchgebrannt.
Abschließend fällt mir noch eine große Frechheit ein. Anfang der Neunziger, meine Frau und ich waren frisch verheiratet und der Rohbau des Einfamilienhauses stand, bequatschten uns gute Bekannte permanent zum Thema „Time Sharing im Wohnungsbau". Die Grundidee sei, einen Anteil an einer deutschen Ferienwohnung zu kaufen und mit Gleichgesinnten aus der ganzen Welt Urlaubsdomizile zu teilen und zeitweilig zu tauschen.
Hörte sich nett an und zuhören kostete nichts. Das befreundete Pärchen hatte sich selbst auf so einen Deal eingelassen und wollte uns auf jeden Fall dabei haben, da wir zu den „Intelligenten und Zuverlässigen" im Bekanntenkreis gehören. Bei dieser Schleimerei merkte ich schon, dass man hier wohl mehr die solventen Bekannten bequatschen wollte. Aber mal weiter schauen. Um in den elitären Kreis aufgenommen zu werden, mussten wir uns einer strengen Prozedur unterziehen. Erst wenn der nächst höhere Firmen-Heini zustimmte, durften wir uns zur potentiellen Käuferschar dazu gesellen. Dem vorgeschriebenen Dress-

Code entsprechend trafen wir uns zu fünft in einer Dürener Eisdiele. Warum ich in der Eisdiele mit Krawatte erscheinen musste, konnten unsere Betreuer nicht erklären, aber nur so gehört man dazu. Egal, Hauptsache unser Gastgeber bezahlt das Eis. Der etwas jüngere Gastgeber war ein Schornsteinfeger aus der Region. In seinem schlecht sitzenden Anzug, mit der zu kurz gebundenen Krawatte, versuchte er uns in einem missglückten Hochdeutsch eine autoritäre Person vorzuspielen. Innerlich amüsiert bestellten wir für meine Frau und mich ein zweites Eis. Eine Woche später gab es dann eine Einladung zu einer Präsentation und einem fünf Gänge Menü in ein Düsseldorfer Hotel (das sagt schon alles, oder?). Unsere beiden engen Begleiter bestanden darauf, dass wir nur in ihrem Auto mitfahren durften und berieselten uns die ganze Fahrt konsequent mit irgendwelchen Firmenparolen. Ich freute mich auf das Essen und schaltete die Ohren auf Durchzug. Im vorbereiteten Konferenzsaal saßen nun etwa 300, mehr oder weniger gut gekleidete, Menschen. Es stellte sich sehr schnell heraus, dass immer nur Paare mit ihren jeweiligen zwei provisionsgeilen Schatten gekommen waren. Meine Frau und ich wurden getrennt und jeweils einer unserer heutigen Ex-Freunde gesellte sich in Atemnähe dazu. Licht wurde gedimmt und vier Manager der Firma betraten unter tosendem Applaus die Bühne. Unsere Betreuer sprangen alle auf und zogen die eingeschüchterten Besucher auch auf die Füße. Ich weigerte mich und blieb sitzen. Keine Leistung, kein Applaus! Mein weiblicher Bewacher forderte mich sofort auf doch mitzumachen, aber ich erklärte ihr schnell, dass sie auch mit ihrem Hauptschulabschluss erkennen könnte, wann eine Gehirnwäsche im Gange ist. Ja, ich weiß, dies war gemein! Es wurden mehrere dramatische Vorträge über die im Bau befindlichen Mehrfamilienhaus-Objekte in Gemünd in der Eifel gehalten. Unsere Einlage von mindestens 25.000 DM hätten wir in kürzester Zeit wieder raus. Ein Pyramidensystem wurde haarklein erklärt. Touristen aus aller Welt würden unsere Wohnungen für ihren Urlaub haben wollen. In kleineren Pausen sollten unsere Betreuer durch einen Fragenkatalog testen, ob wir diese komplexe Materie auch verstanden hatten. Gelangweilt erklärte ich meiner anhänglichen Nervensäge erst einmal die Fakten, denn sie hinterfragte nichts. Das komplette Auditorium wurde anschließend zu einer Fragerunde aufgefordert. Mit Angstschweiß überzogen sah meine Betreuerin, dass ich mich doch tatsächlich meldete. *„Wie kommen Sie eigentlich darauf, dass ein US-Amerikaner unbedingt seinen Urlaub im langweiligen Gemünd in der Eifel verbringen will? München, Köln oder Frankfurt, ok, aber bestimmt nicht Gemünd bei Schleiden in der Eifel!"* Entsetzt schauten mich mehrere andere Betreuer an und befahlen meiner Wärterin mich doch zu bändigen. Meine Frage wurde übrigens ignoriert und eher hätte man der Hamas Strip-Poker beigebracht, als mir zu antworten. Während des Essens versuchte der ranghöhere Schornsteinfeger mich noch zu „bekehren", denn meine Ehefrau war tatsächlich gar nicht abgeneigt die geforderten, aber bei uns nicht vorhandenen, 25.000 DM zu zahlen. Am Ende des Abends haben, soweit wir das mitbekamen, tatsächlich alle anderen Paare einen Vertrag abgeschlossen, ich weigerte mich weiterhin und wurde auf der Heimfahrt von den anderen Insassen im Auto gehasst. Ein knappes halbes Jahr später wurde in allen Zeitungen von diesem Time Sharing Projekt berichtet. Die Firmeninhaber sind mit den erbeuteten Geldsummen verschwunden, die Wohnungen in Gemünd wurden erst einmal nicht weiter gebaut und die betrogenen Geldanleger blieben allesamt auf ihren Schulden sitzen. Unsere beiden Betreuer erzählten mir später, dass sie sogar 75.000 DM angelegt hatten. Ihre Ehe war bald beendet. Manchmal lohnt es sich, ein skeptischer Sturkopf zu sein (hilft übrigens auch am Arbeitsplatz, wenn „Kollege Heißkiste" versucht, Dich zu überreden, doch noch schnell die winzige Lücke für einen zusätzlichen Start zu nutzen).

Kein unbekannter Mensch schenkt Euch einfach so Geld oder teure Sachwerte. Bleibt immer skeptisch, liebe Kinder.

Feuerzangenbowle
(Fierrovend-Ve`zäll vann de` Akademie)

An einem Januar vor einigen Jahren feierten wir eine urgemütliche Feuerzangenbowle-Party in meinem Haus. Eingeladen waren liebe Freunde des Wirteltor-Abiturjahrgang 1984 und andere Gürzenicher aus meinen Jugendtagen. Natürlich wurde auch der alte gleichnamige Heinz Rühmann Klassiker aus dem Jahre 1944 gezeigt. Schon ordentlich angeheitert geschah es, dass die damals auf Krücken laufende Maggie ihr Gleichgewicht verlor und in den flachen Wohnzimmerglastisch fiel. Der zerdepperte Tisch, die mit Glühwein versaute Couch und Tapete waren mir völlig egal, Hauptsache unserer Freundin war nichts Schlimmes geschehen. Geschockt, aber unversehrt kümmerten wir uns um das arme Ding, während ihr Göttergatte Johannes ruhig die Übersicht behielt und befahl: „Keiner bewegt sich, jetzt machen wir erst einmal ein paar Fotos für die Versicherung!". Im Jahr darauf perfektionierten wir die Feuerzangenbowle-Prozedur, indem ich Kirschgen`se Thomas (Kiddel), seines Zeichens Doktor der Chemie an der Universität zu Aachen, bat, doch mit Chemiker-Kittel und Schutzbrille eine kölsche Lehrstunde abzuhalten. Ein voller Erfolg, gekrönt durch ein fulminantes feuriges Gärungsspektakel. Nach der Party räumte ich das Schlachtfeld noch ein wenig auf und verlor mich, vom Alkohol und Spielfilm inspiriert, in Schülertage zurückversetzt. Seltsamerweise jedoch nicht in die Gymnasialzeit, sondern in die Ausbildungszeit an der Flugsicherungsakademie in Langen. Wie der Schööler Pfeiffer (mit drei f), hatten meine Studentenkollegen und ich des Öfteren eine Menge Unsinn im Kopf, damit wir nicht vom berühmten „Lager-Koller" überrannt wurden. Die Akademie in Langen wurde 1988 offiziell eingeweiht. Die Gebäudeteile sind auf einem alten Sumpfgebiet errichtet. Die Region Langen war Ende der Achtziger eine Brutstätte der Neo-Nazi-Szene, die uns zufriedenen Flugsicherern in der Ausbildung jedoch nichts anhaben konnte. Meine erste berufliche Ausbildung zum Flugdatenbearbeiter war weniger spektakulär. Wir wurden noch als Bundesbeamte im mittleren Dienst unterrichtet (Bundesanstalt für Flugsicherung). An der Akademie bildete zudem auch der Deutsche Wetterdienst (DWD) seinen Nachwuchs aus. Erwähnenswert ist auf jeden Fall die lange Freundschaft zu meinem alten musikalischen Kumpel Markus Achten. Markus hat vor einigen Jahren die Flugsicherung verlassen und wohnt mit seiner reizenden Familie in Murcia/Spanien. Leider sehen wir uns nicht so häufig, aber ich denke besonders gerne an die tolle spanische Hochzeit zurück.

Meine zweite Berufsausbildung, diesmal zum Fluglotsen, bringt mich in der augenblicklich alkoholgeschwängerten Atmosphäre zum Grinsen. Unser Lotsenlehrgang bestand aus über 50 Aspiranten, die aus allen Gegenden der alten Bundesrepublik und der Ex-DDR hier zusammen trafen. Optimales Studium nach den Unterrichtseinheiten klappt erfahrungsgemäß nur in kleinen Gruppen und so fanden sich schnell die drei Musketiere Hagen Nordbruch, Oliver Lindenau und Schmitz'se Dietmar. Tatsächlich sind wir drei heute noch immer Kollegen im Kölner Tower. An der Akademie können über 200 Studenten ausgebildet werden. Alle drei Monate kam ein neuer Kurs, dessen Teilnehmer erst einmal eine Einstandsparty für alle anderen Kurse geben mussten. Somit war für eine geregelte Party-Szene gesorgt. Weitere Freizeitmöglichkeiten boten Fußball- und Tennisplätze, ein großes Auditorium für Kinoabende, die Kegelbahn, der Kraftraum sowie die Sporthalle. Angrenzend am Akademiegelände sind der endlose Wald und ein Waldsee. Unser Trio heckte gerne kleinere Aktionen aus, die unseren Lernalltag und besonders die Wochenenden, an denen man nicht immer heimfuhr, versüßen sollten. Manni Gottsacker organisierte oft Flur-Pommes-Partys, die durch diverse holländische „Fritte Soss" Mantschereien und mehreren Kisten Bier Kultcharakter erlangten. Ollie und ich pimpten eines Morgens Hagens Zimmertürschild auf. Hinter die durchsichtige Plastikabdeckung positionierten wir ein passgenaues Bild eines

nackten, knienden und eklig tätowierten Knastbruders, der mit diesem Foto in den „St. Pauli Nachrichten" eine Brieffreundin suchte. Immer wenn wir Hagen vom oder zum Zimmer begleiteten, deckten wir mit unseren Körpern dieses Foto ab und es gelang uns tatsächlich drei Tage lang, dass inzwischen schulweit bekannte Kunstwerk vor ihm zu verbergen. Die Aktion flog auf als Hagen zur Hausdame zitiert wurde. Nichts ahnend wurde ihm das inzwischen konfiszierte Zeitungsbild präsentiert. Erstaunt musste er sich anhören, dass der Schulleitung seine persönlichen sexuellen Neigungen total egal sind, aber eine muslimische Putzfrau habe sich über dieses Machwerk empört beschwert. Hagen wusste natürlich genau, wem er diesen Affront zu verdanken hatte, aber er verpetzte uns nicht. *Es halt ene leeve Jong.*
Als Revanche fand ich Tage später im öffentlichen Postverteilerfach im Bereich „SCH – ST" dann eine Katalogsendung, die an mich adressiert war. Unterstützt vom Verräter Ollie hatten sich die Burschen einen aktuellen Beate-Uhse-Katalog besorgt, diesen in eine normale Klarsichtfolie eingepackt und an mich per Post zugesandt. Jeder Schüler konnte nun sehen, dass sich der perverse Schmitz seinen Lieblingskatalog zusenden lässt.
Wir drei bewarben uns aus Spaß bei ausländischen Flugsicherungsorganisationen und warteten dann auf postalische Reaktion. Es

hagelte Absagen, unter anderem von den Niederländischen Antillen oder aus Namibia. Da die Simulationsräume der Akademie eher trist dekoriert waren, startete ich eine Bittbriefe-Aktion an sämtliche in Frankfurt vertretenen Airlines. Wochenlang erhielt ich Flugzeugmodelle, Posterrollen mit Hochglanzinhalt oder ähnliche Werbegeschenke. Wir verschönerten die Ausbildungsräume und behielten doppelte Präsente selbst. Ein eher langweiliges Poster von der damaligen Fluggesellschaft Lauda-Air wurde zum Blickfang. Auf dem Poster strahlt Niki Lauda von einem Ohr zum halben. Mit einem schwarzen Filzstift habe ich dann noch *„Viele Grüße an die FVK-Kurse 74-76! Euer Niki"* geschrieben. Die Fälschung ist nie entdeckt worden und wenn ich heute als Gastlehrer oder Simulationsteilnehmer an der Akademie bin, kann ich dieses Riesenautogramm noch immer bewundern!

In unseren drei Flugverkehrskontrollkursen (FVK) waren schon seltsame Gestalten. Da gab es zwei ewig nörgelnde ehemalige NVA-Piloten, die uns gerne die Vorzüge ihres MIG-24 Jets und der DDR im Allgemeinen schilderten. Kumpel Lindenau schäumte dann immer vor Wut und ermunterte sie, doch wieder in einen ähnlichen Staat, z.B. Nord-Korea, auszuwandern. Eine weitere Truppe junger Studenten war uns wiederum sehr sympathisch. Zu dieser Gruppierung gehörten auch zwei trinkfeste Kerle aus dem Raum Nürnberg. Der Rädelsführer Oliver Nägele (Name geändert) lud uns einmal zu einem Bier ein und bot uns dann einen Mariacron Weinbrand an. Dankend nahm ich das Gläschen an und kippte den Inhalt runter. Kurz darauf brannte mein Hals wie Feuer. Der lachende Nägele beichtete, dass sein Kumpel Oliver Werwie das Gebräu tagelang mit Chilischoten und rotem Pfeffer angesetzt hatte. Ich schwor Nägele bittere Rache. Da nun bekannt war, dass Nägele hinter jedem weiblichen Wesen her war, hatte ich schnell einen Ansatzpunkt für die Revanche. Der Kerl baggerte wirklich alles an, was einen Puls hatte und nicht schnell genug auf den Baum kam. Er sah noch nicht einmal sehr gut aus, kam sich jedoch mit der Zigarette im Mundwinkel unwiderstehlich vor. Ich ließ einige Tage verstreichen und gab meiner damaligen Ehefrau einen von mir verfassten anonymen Liebesbrief an diesen Hengst in Auftrag. Eine

weibliche Handschrift musste halt her. Der Inhalt klang ungefähr wie folgt:
„Lieber Oliver. Endlich habe ich den Mut gefunden Dir zu schreiben. Ich finde Dich unheimlich süß und würde Dich sehr gerne einmal alleine treffen. Falls Du Interesse hast, dann ziehe Dir doch morgen zum Mittagessen ein rotes oder blaues T-Shirt an, dann weiß ich, dass wir uns morgen Abend um 18:30 Uhr an der Grillhütte im Langener Wald treffen können. Ich würde mich wahnsinnig freuen."
Mittags saß er dann mit seinem schönsten roten Shirt beim Essen. Seinen Kumpels hatte er natürlich den Brief gezeigt und von seiner erotischen Ausstrahlung geschwärmt. Prüfend untersuchte sein Blick die vielen anwesenden jungen Damen vom DWD, FVK und Flugdatenbearbeitungsdienst. Lindenau und ich hatten nun genug Zeit die Rückseite einer riesigen Luftfahrtkarte zu beschriften und bemalen. Letztendlich schmückte unser Schmähposter ein paar Phrasen wie *„Nägele, Du potenzgesteuerter Schwachkopf"* und ein großer Cartoon, der einen Mann mit einem extrem schlaffen Geschlechtsteil darstellte. Das Poster wurde schon zwei Stunden vor der vereinbarten Zeit an der Grillhütte befestigt, damit auch möglichst viele vorbeijoggende Kommilitonen das Meisterwerk bestaunen konnten.
Natürlich wurde Nägele von vielen Augenpaaren hinter den Gardinen beobachtet, als er gut

gestylt im lässigen Macho-Gang das Schulgelände Richtung Wald verließ. Natürlich wurde er von noch mehr Augenpaaren beobachtet, als er 40 Minuten später den gleichen Weg wieder zurück kam, diesmal mit einem zusammengerollten Riesenposter in der Hand.
Natürlich hatten wir in der Zwischenzeit seine Kumpels eingeweiht und gemeinsam den Heimkehrer erwartet. Kleinlaut erkannte der Blamierte dann an, dass man sich nicht mit zukünftigen Kölner Fluglotsen anlegen sollte.

Der Ausbildungsabschnitt in Langen neigte sich dem Ende zu, unsere Kursteilnehmer wussten an welcher Dienststelle sie sich bald zum weiteren On-The-Job-Training (OJT) melden mussten. Traditionsgemäß wird vorher eine große Abschiedsparty für die gesamte Akademie geplant. Die Schulleitung hatte Feiern innerhalb der Akademieräume eingeschränkt, da bei vergangenen Festivitäten einige wenige Schwachköpfe zu sehr über die Stränge geschlagen hatten. Hier war mal ein Feuerlöscher auf dem Flur entleert, dort nicht ordentlich aufgeräumt worden. Wir bauten also draußen ein großes Festzelt für 250 Personen auf. Nach den Vorbereitungsarbeiten wollte ich noch eine Runde im Wald joggen, wurde jedoch von einer Gruppe sehr hübscher Türkinnen am Waldrand auf Englisch angesprochen. Sie wollten wissen, ob hier eine Feier geplant ist. Schnell stellte sich heraus, dass es sich bei den Damen nicht um Türkinnen, sondern um indische Flugbegleiterinnen handelte, die alle im Nachbarhotel wohnten. Sie gehörten zu einem neuen Charterunternehmen namens „Modi-Luft" und waren zu einem Fortbildungslehrgang in Deutschland. Als einer der Kursältesten beschloss ich, die jungen Damen und ihre Kolleginnen zu unserer Party einzuladen. Abends kamen dann 25 schön gestylte Leckerbissen zu unserem Fest und meine männlichen Kurskollegen rutschten fast auf ihrem Geifer aus. Tage später zeigte sich, dass manche Kollegen dermaßen Feuer gefangen hatten, dass vier von ihnen (Namen bleiben ungenannt, um Ehekrise zu verhindern) sogar nach Neu Delhi geflogen waren, um ihre Herzdamen zu besuchen. Diese Balzzeremonie blieb jedoch erfolglos, da die Schönheiten ganz andere Pläne hatten. Zwei meiner Kollegen mussten sogar jeweils 1000 Dollar für ihren Rückflug extra zahlen, da die geplante Maschine nicht flog und man doch wieder rechtzeitig zur Ausbildung anwesend sein sollte. Eigentlich war es damals eine schöne Zeit an der Flugsicherungsakademie. In den letzten 20 Jahren hat sich jedoch sehr viel verändert. Der DFS-Campus ist entstanden. Zu unserem Akademiegebäude haben sich neue Gebäudekomplexe hinzu gesellt. Ein sehr modernes Radar-Center wurde errichtet, sowie unsere Unternehmenszentrale (UZ). Die UZ ist ein 50 Millionen-€-Glasklotz, indem unzählige Verwaltungsmenschen versuchen, das Gerüst der DFS zu stabilisieren. 1992 wurde aus der Bundesanstalt BFS das privatisierte Unternehmen DFS. Ein Hauptgrund damals war der Abbau des viel zu großen Verwaltungsapparates, inzwischen hat sich unsere Verwaltung jedoch verdoppelt! Akademie, UZ und Center werden nach amerikanischem Campus-Muster von einem Sicherheitszaun eingefasst, es gibt einen eigenen S-Bahn-Anschluss, Kantinenbereiche, Parkhäuser und sogar einen Kindergarten für

die Kleinen der örtlichen Arbeitnehmer.
Romantisch ist Langen schon lange nicht mehr.
Da lobe ich mir unsere familiären Außenstellen und beseitige nun endlich das Chaos der Feuerzangenbowle-Party.

Familie Schmitz *(De Schmitze)*

Ach schau an, jetzt kommt er auch mal zu seiner Familie. Warum nicht schon weiter vorne in diesem Buch?
Veränderungen sind doch die Würze des Lebens. Weg vom Mainstream, auch mal etwas wagen und polarisieren. Früher als Jugendlicher habe ich Fischmahlzeiten und Kaffee gehasst, heute nicht mehr. Hätte mir in meinen Dreißigern jemand erzählt, dass Automatik fahren besser ist als Schaltung, ich hätte ihn ausgelacht. In meinen aktiven Handballjahren hatte ich auch Joggen und Wandern gemieden. Dinge ändern sich und wenn ich auf die Idee komme, mein zweites Haus grün anzumalen, dann nur, weil es mir gefällt. Für ein Gesprächsthema hatte ich damit gesorgt. Nun erscheint ein vermeintliches Anfangskapitel mitten drin. Hauptsache nicht langweilig.
Ich zitiere nun unseren Heimatbund, bestens vertreten durch das Großbauer-Ehepaar Lövenich:
„Schmitz in Gürzenich!
Die Familie Schmitz hat durch die Hochzeit im Jahre 1778 ihre Wurzeln in Gürzenich seit über 235 Jahren. Da die Frauen immer aus Gürzenich stammten und ihre Stammbäume noch weiter zurück reichten, kann man sagen, dass sie ein Urgestein aus Gürzenich sind. Die Männer Schmitz waren immer am

Ortsgeschehen interessiert und aktiv in der St. Hubertus Schützenbruderschaft."
Es folgt eine lange Liste mit Geburts- und Todesdaten vieler meiner Vorfahren. Uns Schmitze gibt es eindeutig länger als die USA. Kürzen wir die Liste enorm ab und starten wir bei meinem Papa Hubert (geb. 1934) und meiner Mama Anita (geb. 1938).
Erwähnenswert ist schon die Kennenlernphase der Beiden. Hubert hat Anita 1959 als Maibraut gekauft, setzte jedoch keinen Maibaum, da er als Junggärtner beruflich zur Bundesgartenschau nach Dortmund musste. Anita war sauer! Am 07. Mai 1959 konnte mein Papa bei einer Wanderung des Turnvereins zum Hotel Roeb nach Schevenhütte sein Herzblatt mit einer Tafel Novesia Goldnuss jedoch wieder besänftigen. Im Mai 1961 wurde sich dann hurtig verlobt, im Mai 1962 folgten Polterabend und Hochzeit. Im Juli 1963 begann der Hausbau (mein Geburtsort) und siebzehn Monate später wurde mit zahlreichen Schubkarrentransporten um- und eingezogen. Bruder Volker war frisch geboren, ich folgte im Februar 1965 und natürlich auch noch Winfried im Jahre 1966. Die Familie war komplett. 1987 feierten wir mit vielen Freunden und Verwandten die Silberhochzeit und 2012 dann sogar eine ganz tolle Goldhochzeit. Zur Goldhochzeit lieferten wir Brüder, die Schwiegertöchter Stefanie und Franka und die

zahlreichen Enkelkinder, den 1959 entgangenen Maibaum nach. Genug Daten!

Hubert und Anita sind vorbildliche und tolerante Eltern. Die Bändigung drei wilder Jungen war wahrhaftig nicht leicht. Der älteste Bruder sorgte schon als Zweijähriger für ordentlichen Trubel. Mal versaute er sich und seinen schönen dunkelblauen Jersey-Anzug, indem er sich mit dem Inhalt von Mehl- und Zuckerdosen überschüttete, mal ließ er, natürlich aus Versehen, ein großes Glas mit eingemachten Birnen seiner Mama auf den Fuß fallen (Ergebnis: ein gebrochener Zeh) oder tollte ausgelassen im Flur herum und schubste dabei den Kinderwagen, samt Baby-Bruder Dietmar, die Kellertreppenstufen hinunter. Der Arzt im Krankenhaus bescheinigte später meine komplette Unversehrtheit, wahrscheinlich hatte Schutzengel Emma hier ihre Flügel verdient. Bei diesen Erlebnissen noch einen dritten Jungen zu wollen, grenzt schon an Selbstverstümmelung. Vielen Dank für Eure guten Nerven. Gärtnermeister Hubert verließ immer früh das Heim, managte den örtlichen Fuhrpark der Stadt Düren und teilte seine Arbeiter zu den täglichen, zahlreichen Grünflächenarbeiten ein. Zudem kam der nächtliche, winterliche Streudienst zum Freihalten von Gehwegen und Bushaltestellen. War an normalen Arbeitstagen um 17 Uhr Feierabend, kam Hubert einen Happen essen und arbeitete anschließend weiter auf Friedhöfen oder in benachbarten Gärten. Dem manchmal eisigen und nassen Wetter konnte er nur entfliehen, wenn er in unserem Werkraum Kränze und Gestecke erstellte, die im Nebenerwerb verkauft wurden. Mutter Anita war nicht nur gelernte Verkäuferin in der Modebranche (sie hat manchmal auch als Model diverse Kleider vorgeführt), sondern auch eine sehr geschickte Blumenbinderin. Wir Brüder sorgten schon häufiger in dieser Zeit für plötzliche Überraschungen. Ein Beispiel: In der Grundschule sollten die Schüler meiner Klasse unserem Rektor Herrn Wildenberg die Berufe unserer Eltern aufzählen. Natürlich schilderte ich alles über die Grabpflegearbeiten, die Kränze und Gestecke. Der Rektor fragte, ob wir eine Gärtnerei haben, und ich bejahte, denn ich dachte unser Werkraum sei eine Gärtnerei. Herr Wildenberg ließ die Klasse antreten und schon ging es in Zweiergruppen zu mir nach Hause. Meine Mama war natürlich total überrascht, hat die Situation jedoch geschickt gemeistert. Als ich in der Sexta auf dem Wirteltorgymnasium war, wurde für das anstehende Schulfest geplant. Unsere Klasse wollte eine Negerkussschleuder (jaja, politisch nicht ganz korrekt), also ein Katapult, das durch einen gezielten Wurf einen Schaumkuss zurückwarf, bauen. Großkotzig habe ich die Verantwortlichkeit für den Bau übernommen, in der verzweifelten Hoffnung, dass mein handwerklich sehr geschickter Papa eine Idee hat. Es ene Ve`sooch wäät. Hat gottlob auch

geklappt. Hubert hat eine tolle Schleuder gezimmert.
Nach Maifesten und ähnlichen Vereinsbällen trafen wir Jugendlichen uns morgens um vier Uhr auch des Öfteren in der elterlichen Küche. Meine Eltern schliefen im Schlafzimmer, während ungefähr zehn Mädels und Jungs unten in der Küche Tanzschritte probten, rumknutschten, Blue Curacao Pfannkuchen (grüner Teig) oder Bier-Omelettes (Bier anstatt Milch) zauberten. Bei einer unsere zahlreichen Feten vertauschten Freunde in der Küche den Inhalt aller Gewürzstreuer. Mutter Anita kochte in den nächsten Tagen a) seltsam gewürztes Essen und b) vor Wut. Doch meine Eltern waren stets gastfreundlich und tolerant. Unsere Freunde blieben sehr gerne bei uns zum Essen, Spielen oder TV schauen.
Mutter Anita sprach eines Tages folgende Worte zu mir:
„Mein Sohn, es ist an der Zeit. Du wirst einen Tanzkurs belegen, ein Musikinstrument spielen oder Schreibmaschine schreiben erlernen. So sei es!"
Nun gut; Disco-Fox und normales Gezappel machten mich in jeder Diskothek gesellschaftsfähig; das konnte ich dank guter Freundinnen schon. Einfachsten Walzerschritt habe ich auch drauf, jedoch mit Rumba, Flamenco usw. habe ich nichts am Hut. Die Sache mit dem Musikinstrument konnte ich glücklicherweise abwenden. Dafür habe ich

einfach keine Geduld und kein Talent, im Gegensatz zu Töchterchen Chiara. Meine Ausrede: „Ich bin doch Messdiener und kann perfekt die Glöckchen zur Wandlung läuten!" überzeugte meine Mama nicht wirklich. Also ab in den Schreibmaschinenkurs *(Anm.: Liebe Kinder, ein Computer war damals noch so groß wie ein Haus! Unsere Schulreferate wurden auf Matrizen getippt und per Kurbel-Kopierer vervielfältig. Dabei haben wir uns immer an dem ausströmenden Alkoholgeruch bekifft und mit rollenden Augen vor der gelangweilten Klasse referiert!)*. Der mit 25 Personen ausgebuchte Schreibmaschinenkurs bestand aus 2 männlichen und 23 hinreißend weiblichen Teilnehmern. Blindschreiben lernte ich damals erstaunlich schnell, denn die Damen waren eine Augenweide für den schüchternen Dietmar.
Eine peinliche „Schmitz-Situation" spielte sich häufig in der Dürener Fußgängerzone ab und erzeugte in meiner Jugend eine Art Trauma. Hauptbeteiligte an diesem Dilemma war die alte stämmige Frau Filz. Filz`se Marie lief an ihrem Stock gestützt rabiat die Einkaufsstraße entlang und ich hatte das Gefühl, dass sie immer darauf wartete, dass ich aus der Schule kam und zum Kaiserplatz ging. Ist natürlich total übertrieben, aber immer wenn ich in Begleitung einer hübschen Mitschülerin cool und lässig zum Bus schlenderte, erschallte plötzlich ein markerschütterndes: *„Tach Herr Esser, wie esset?"*.

Ignorieren und weglaufen brachte nichts, denn die Alte war stets hartnäckig. „Hallo Frau Filz, ich bin kein Esser. Schreiner Esser ist mein Onkel! Ich bin Dietmar Schmitz!", sagte ich freundlich und wollte vor meiner Begleiterin im Erdboden versinken.

„*Ach su, dem Schreiner Schmitz senge Jong! Dat wees isch doch. Jrööß denge Pap vun misch! Sull schön Möbele maache!*", schrie sie extrem laut und alle Passanten drehten sich irritiert um.

Nun kam wieder einer meiner üblichen Anfängerfehler: Ich wollte sie korrigieren, anstatt einfach weiter zu gehen. „Ääh, nein, ich bin nicht der Sohn vom Schreiner Schmitz. Dessen Sohn heißt Dieter und nicht Dietmar. Meine Eltern ...". Weiter kam ich nicht. Sie schrie noch lauter: „*Du dreckelige Puut. En ahl Frau zo verarsche. Maach dat de weegere küss, Esser, sonst krisse Schröpp met menge Steck!*". Dabei hielt sie drohend ihren Stock in die Höhe und ich verließ mit meiner Begleitung (und hochrotem Kopf) den Handlungsort. Wäre sie nicht vor einigen Jahren gestorben, dann würde sie mir wahrscheinlich noch heute auflauern. Würde sie mich wiederum erneut mit Dieter Schmitz verwechseln, dann könnte ich seine diversen Buchveröffentlichungen für ihn signieren und Filz`se Marie erklären, dass ich keine „Oma Jertrud" (Dieters erstes Buch), sondern die Karnevalsikone „Oma Martha" (das zukünftige erste Buch meines Bruders Winni, der ein

absoluter Karnevalsspezialist ist) zu meiner Verwandtschaft zählen darf.
Einige Jahre später wohnten Volker und ich schon in unseren jeweiligen eigenen Wohnungen, nur Winni blieb hartnäckig im Elternhaus. Im Gegensatz zu seinen älteren Brüdern musste er nicht zur Bundeswehr und ließ sich gerne daheim verwöhnen. An einem Wochenende stand mein Vater morgens in seiner Unterhose vor der verschlossenen Badezimmertür. Nach wenigen Minuten kam jedoch nicht sein jüngster Filius, sondern eine knapp bekleidete junge Dame aus dem Bad. Winni hatte seine gestrige Karnevalsbekanntschaft mitgebracht. Meine Eltern baten ihn nachdrücklich ihr christliches Haus nicht in Sodom und Gomorra zu verwandeln. Außerdem will Papa sich nicht jedes Mal komplett anziehen müssen, wenn er nur kurz zum WC muss. Kleine Sünden bestraft der liebe Gott bekanntermaßen sofort, denn als mein verkaterter Bruder später das Verdeck seines Cabriolets öffnete und losfuhr, spielte sein Magen nicht mit und er übergab sich auf die Fahrzeug-Armaturen (der ältere Bruder Volker bevorzugte für diese Tätigkeit seine Nachtkommoden-Schublade). Noch Tage darauf reinigte Winni die Lüftungsschlitze des Autos mit Wattestäbchen.
Die Zeit verging und einige Monate später hatte meine Mama ein Deja vu. Als sie morgens in das Schlafzimmer ihres Letztgeborenen

spinkste, sah sie neben ihrem Sohn einen Wuschelkopf auf dem Kopfkissen liegen. Anita raunzte die beiden Schlafenden sofort an: *„Wat es dann he loss? Mer hann doch keene Puff! In en halev Stond es datt Froleenche verschwunge, es datt kloar?"* Schimpfen konnte Anita natürlich auch auf Platt. Winni kam ihrem Befehl umgehend nach und erst ein halbes Jahr später erfuhren meine Eltern, dass es sich bei dieser Dame wohl um ein Mitglied der Lucherberger Blaskapelle gehandelt hatte. Winni hat halt einen sehr großen Bekanntenkreis.
Auch im hohen Rentenalter ist auf die alten Herrschaften, Hubert und Anita, Verlass. Die Enkelkinder werden immer verwöhnt. Tim, Laura, Chiara, Ann-Sophie, Tom, Fabienne, Ben und Estelle lieben ihre Großeltern sehr. Oma Anita ist täglich weiterhin mit reichlich Hausarbeit beschäftigt, trifft sich manchmal mit Freundinnen zum Schwimmen oder Kaffee-Plaudereien.
Manchmal muss ich schmunzeln, wenn meine Mutter mir den neusten Klatsch und Tratsch erzählt und dabei längst vergangene Phrasen wie: „ ... die Tochter von der Frau Soundso *pussiert* mit dem Sohn von Familie Dingsda!" oder „ ... seitdem dieser Streit in der Nachbarschaft war *verkehren* die nicht mehr miteinander!"
Opa Hubert hat mit seinen Söhnen diverse Haus- und Umbauten verwirklicht und ist immer

tatkräftig zur Stelle, wenn der Karnevalsverein zum Beispiel Thronsitze für den Elferrat braucht oder Fahrräder der Familienmitglieder repariert werden müssen. Der Einsatzbereich des Handwerkerkönigs war sehr groß, ist krankheitsbedingt jedoch seit 2014 eingeschränkt. Bessere Vorbilder als meine Eltern kann man sich nicht wünschen.
Wir haben Euch sehr lieb!

Nachwuchswerbebeauftragter
(Jäck, de` Loodse fenge sull)

Meine Kölner Dienststelle suchte im Jahr 1996 einen neuen Nachwuchswerber, also eine Person, die bereit war alle Anfragen zum Berufsbild Fluglotse/Fluglotsin bei der DFS zu bearbeiten. Vielleicht ab und zu mal eine Messeteilnahme und eventuell ein paar Personen durch den Tower zu führen hieß es. Da der junge Fluglotse Schmitz keinerlei Berührungsängste kennt und als ehemaliger Grundausbilder bei der Bundeswehr ein gesundes Selbstbewusstsein hat, war dieser Nachwuchswerber schnell gefunden. Habe ich in der Vergangenheit Nebenaufgaben oder freiwillige Tätigkeiten übernommen, dann habe ich mich in diese auch richtig „reingekniet". Wenn ich etwas übernehme, dann versuche ich dies auch sehr gut zu machen. Jugendgruppen im Jugendheim betreuen, Kinderhandballmannschaft trainieren, Sport-Unteroffizier beim Bund, Kassenwart im Jugendchor; solche Aufgaben weckten meinen Ehrgeiz. Nun also Lotsennachwuchs finden. In den letzten zwei Jahrzehnten habe ich ein großes Netzwerk zu Gymnasien, Universitäten, Fachhochschulen und Berufsinformationszentren geflochten. Zahllose Messen und Berufsinformationsveranstaltungen wurden von mir als Aussteller besucht und in den monatlichen Towerinformationen insgesamt

mehrere tausend Besucher empfangen. Gute Unterstützung erhielt ich nicht nur von meinen Teamkollegen Eddie, Gaby, Iris und Alexandra, meinem Wachleiter Mike und anderen guten Geistern der Niederlassung, sondern auch von Heike und Tamara an der Flugsicherungs-Akademie. Vielen Dank an alle!
Hat man als Fluglotse Kontakt mit der Restbevölkerung, so muss man sich meist gegen Vorurteile wehren:
- *Du bist der Kerl mit den Kellen vor dem einparkenden Flugzeug!* (Falsch, das sind Einweiser oder Follow-Me-Fahrer).
- *Du hast sehr großen Stress und eine wahnsinnige Verantwortung im Beruf!* (Natürlich, aber darauf sind wir durch unsere Ausbildung sehr gut vorbereitet. Auch der Schulbusfahrer hat eine große Verantwortung, auch der Hauptschullehrer hat Stress. Alles sehr subjektiv).
- *Du arbeitest im Tower!*
(Nur jeder dritte Fluglotse der DFS arbeitet in einem der 16 Tower. Die meisten Kollegen sind Radarlotsen).
Wir müssen auch keinen Pilotenschein haben, sind keine Alkoholiker, die Selbstmordquote in meinem Beruf ist mir gar nicht bekannt, ein stressbedingtes Magengeschwür hatte ich bis dato noch nicht und die Strahlung der Radarschirme macht uns nicht impotent. Seit 2011 habe ich ein eigenes Büro und erhalte in unregelmäßigen Abständen auch Bürotage,

damit ich die vielen Anfragen in Ruhe bearbeiten und alle anstehenden Außentermine organisieren kann. Das Hauptanforderungsprofil für Bewerbungen beinhaltet ein Maximalalter von 24 Jahren und das Voll-Abitur. Englisch ist natürlich Arbeitssprache, Teamfähigkeit, Multi-Tasking und räumliches Vorstellungsvermögen sind unabdingbar.
Es erstaunt mich sehr, wenn junge Menschen in ihren E-Mails an mich wenig Sorgfalt walten lassen. Jemand möchte „Fluglothse" oder „Fluglotze" bei der „DSF", anstatt bei unserer DFS werden. Seltsam, mein Rechtschreibprogramm hat hier sofort auf Fehler hingewiesen. Auch Pilotenbewerber oder zukünftige Stewardessen schrieben mir. War diese E-Mail auch noch im SMS-Stil, also alle Worte kleingeschrieben und mit Smileys versehen, so habe ich gnadenlos die Papierkorbfunktion benutzt.
In den vielen Jahren als Lotsen-Werber habe ich so manche kuriose Situation erleben dürfen. Hier einige dieser Anekdoten:
1997 war ich an einem Sonntagmorgen auf dem Weg zur Dienststelle. An diesem Morgen hatte ich wieder eine Rookie-Veranstaltung im Tower, das bedeutet, dass knapp 27 Abiturienten im Alter zwischen 16 und 24 Jahren einen multimedialen Informationsvortrag mit anschließender Tower Führung erhielten. Ein solcher Vormittag lief immer sehr unterhaltsam ab, denn mein Ziel ist es, dass keiner im

Auditorium einschläft und bestens informiert wird. Auf der wenig befahrenen Autobahn wollte ich einen langsameren aufgemotzten BMW überholen. Der tiefergelegte BMW hatte zwei Tuning-Auspuffendstücke, in der wahrscheinlich so manche Katze übernachtete.

Als mein Fahrzeug auf gleicher Höhe mit dem BMW war, beschleunigte der Fahrer sein Fahrzeug. Ein südländischer junger Typ mit extrem gelverschmierter Frisur und Goldpanzerkette zeigte den Mittelfinger und wollte ein Rennen mit mir fahren. Grundsätzlich lasse ich mich von solchen Flachpfeiffen nicht ärgern, fiel tempomäßig zurück und er verschwand schnell vor mir. Lieber fahre ich entspannt und lausche der ordentlichen Funk-Music aus meinen Boxen. Knapp 20 km weiter holte ich den BMW wieder ein und exakt die gleiche Situation entstand. Letztendlich gab der Autobahn-Rowdy ordentlich Gas und verschwand. Bei der Kontrollstelle am Flughafen musste man damals nur den Dienst- oder Personalausweis vorzeigen, schon gelangte man in den Frachtbereich und zum Tower. Auf einem unserer Lotsenparkplätze stand nun dieser besagte BMW, das Fenster des Fahrers war heruntergekurbelt und laute Musik war zu hören. Lässig ging ich zu dem coolen Burschen und fragte ihn, was er denn auf diesem Parkplatz zu suchen habe. Scheinbar hatte er mein Auto nicht erkannt und antwortete kaugummikauend: *"Isch werde hier von Herrn Schmitz erwartet, klar, isch darf hier parken. Gescheckt?!"* Mit ruhiger Stimme und einem satanischen Grinsen antwortete ich: „Ich bin der Herr Schmitz und Sie kommen hier auf gar keinen Fall rein. Wer sich so im Straßenverkehr

verhält wird garantiert kein Fluglotse. Auf jeden Fall nicht mit meiner Hilfe. Also: Abflug!"
Es gibt doch noch eine himmlische Gerechtigkeit.
In diesen frühen Jahren musste ich erst einmal Struktur in die Besuchstage reinbringen. Manche Leute meldeten sich an und kamen dann einfach nicht oder brachten unangemeldet weitere Personen mit. Ein junger Russe erschien einmal mit seiner 20 köpfigen Dreigenerationen-Sippe, die ich natürlich nicht in unsere heiligen Hallen ließ. Am Muttertag 1998 erwartete ich ca. 20 Besucher, es kam jedoch nur ein hübsches junges Mädchen. Sie erhielt eine Soloführung und hat später tatsächlich den Fluglotsen-Test in Hamburg bestanden. In den darauf folgenden Jahren wurden meine Veranstaltungen perfektioniert und immer professioneller. Heute wird in einem großen Schulungsraum mit modernem Multi-Smart-Board präsentiert und jeder Besucher mit diversen Werbegeschenken und reichlich Informationsmaterial ausgestattet. Zum Tower gelangt man nur noch durch ein aufwendiges Überprüfungsverfahren. Die Besucher müssen sich einige Wochen vorher per E-Mail bei mir anmelden und ich gebe die hinterlassenen geforderten Datensätze an die Security weiter. Natürlich wird auch gerne mein dienstlicher Anrufbeantworter genutzt. An einem Sonntag rief ich in meiner Pause um 11:30 Uhr eine junge Dame zurück, die mir auf den AB

gesprochen hatte. Ich hörte ein sehr verschlafenes: „*Hallo?*"
„Guten Tag, hier ist Dietmar Schmitz vom Kölner Tower. Sie hatten mir gestern auf Band gesprochen. Wie kann ich Ihnen helfen?". Normalerweise könnte ich auch morgens um sechs Uhr anrufen, die jungen Leute sind meist schnell hellwach und freuen sich über den Rückruf. So gemein bin ich aber nicht. Die junge Dame wurde jedoch nicht so richtig wach.
„*Häää, wer ist da? Der Tower? Ja arbeitet ihr Verrückten den auch am Sonntag?*".
Ich bejahte amüsiert. Wir arbeiten auch an Samstagabenden und Feiertagen. Sie möchten dann doch auch fliegen."
„*Und was ist mit Party? Häää, dann kann ich doch gar nicht feiern!*" Dies wurde mir dann doch zu anstrengend, ich wünschte ihr ein schönes Restleben und legte auf.
Der Höhepunkt (im wahrsten Sinne) war jedoch ein anderer Anruf. Wieder an einem Sonntagmittag, diesmal eine Handynummer. Sofort meldete sich eine weibliche laute Stimme. Ich sagte mein Sprüchlein auf, wurde jedoch von einer Männerstimme im Hintergrund unterbrochen: „*Sag dem Arsch er soll auflegen. Ich bin so geil und komme gleich!*"
Die beiden waren tatsächlich mitten beim Geschlechtsverkehr und diese dumme Nuss geht an ihr Telefon. Sie sagte noch: *"Psst, sei ruhig, das ist der Herr von der Flugsicherung!*"
und antwortete mir dann ruhig. Einen Lachanfall

unterdrückend fragte ich sie scheinheilig, ob ich denn stören würde. Alle Informationen zum Tower-Besuchstag wurden ausgetauscht. Meinen neugierigen Kollegen überließ ich es am Rookie-Tag, doch selbst heraus zu finden, welche der 15 Besucherinnen wohl beim Sex ans Telefon geht. Diesen Teil des Geheimnisses hatte ich für mich behalten. Richtig anstrengend sind die zahlreichen Berufs-, Ausbildungs- und Studienmessen. Geboten werden viele tolle Angebote für Schülerinnen und Schüler, die bald ins Berufs- oder Studienleben wechseln. Es gibt nur wenige Veranstaltungen, die rein für unsere Klientel, also Abiturienten konzipiert sind, aber Präsenz vor Ort zeigen und auf anschließende Mundpropaganda setzen, hat sich sehr bewährt. Jeder Hauptschüler, jeder Realschulbesucher und wer sonst noch immer, erhält auf eine freundliche Anfrage auch eine Antwort. Viele Schulleiter von Sonder- oder Hauptschulen zwingen ihre antriebslosen Untergebenen durch spezielle Fragebögen dazu, sich für mindestens drei Berufe zu interessieren, ansonsten Note sechs. In meinen Augen der absolut falsche Motivationsweg und unnötige Mehrarbeit für mich. Deshalb lege ich immer große Zettel mit der Aufschrift „Abitur ist Voraussetzung" am Stand aus. Regelmäßig komme ich auf diesen Misch-Messen dann auch mit den Klassen-Rudelführern zusammen. Extrem coole Kerle, die durch Macho-Gehabe und lässige

Bewegungen ihre Bande anführen. Somit stehen dann sechs bis zehn Halbstarke an meinem DFS-Stand, Baseballmütze falsch herum und die Hose auf Halbmast. Folgende Dialoge sind üblich:
„*Eeh, was geht ab?*",
„Guten Morgen, Zusammen!"
„*Wat es dat?*"
„Wie bitte?"
„*Eeh, es dat hier?*"
„Junger Freund, versuchen Sie es bitte mal mit Subjekt, Prädikat und Objekt!". Gelächter seiner Gefolgsleute.
„*Ok, pass auf. Können Sie mir bitte sagen wat dat hier es?*"
Jetzt werde ich gemein: „Ja sicher doch. Dies ist ein Tisch mit Prospekten, einem Beamer und einer Lacktischdecke!"
„*Nee Du Doof, wat kann isch hier werden?!*"
„Gerne erzähle ich Ihnen alles über den Beruf des Fluglotsen. Hauptvoraussetzung ist jedoch das Abitur! Sollten Sie jedoch noch einmal „Doof" zu mir sagen, gibt es erst einen Tritt in den Allerwertesten."
„*Ja Sorry, Mann. Abi mache ich! Wat kann ich an Kohle verdienen?*" Großes Gelächter seiner werbegeschenksammelnde Gefolgschaft, die seinen Abi-Wunsch eindeutig verneinte.
„Im zweiten Ausbildungsjahr verdienen unsere Auszubildenden über 4.000 € im Monat, nach der Ausbildung liegt das Anfangsgehalt noch

einmal ordentlich höher!" Andächtiges Schweigen.
„Isch mach Abi. Eeh un` wenn es nicht klappt, dann werde ich Stewardess."
Mit einem „dann sollten wir vorher einen operativen Eingriff machen" verabschiedete ich die Burschen!
Dies sind aber Ausnahmesituationen. Mein Kollege Thorsten Jüngel aus Hannover hat in diesen Situationen einen anderen Trick: Er redet einfach nur noch Englisch und die prolligen Trantüten gehen dann verwirrt ihrer Wege.
Die meisten Besucher sind jedoch wirklich toll und neugierig.
2014 leitete ich den DFS-Stand auf der Einstieg-Messe in Köln (32.000 Besucher an zwei Tagen) und half am Messestand in Hamburg (41.000 Besucher). Nach den jeweiligen Messetagen ist man körperlich total fertig und die Stimme ist weg. Macht trotzdem seit über zehn Jahren Spaß, diesem Besucheransturm zu trotzen und mit mehreren Kollegen viele Menschen für die Flugsicherung zu begeistern. In meiner Funktion als Standleiter habe ich das Bedürfnis meine DFS-Mitstreiter bei Laune zu halten. Frischen Kaffee und Halsbonbons bringe ich für alle mit, gute Arbeitsatmosphäre ist mir wichtig. Seit Jahren halten wir kleine Wetten aufrecht, wie z.B.: Wer zuerst auf den Beruf der Flugbegleiterin, anstatt auf Fluglotsin, angesprochen wird muss für die gesamte Stand-Crew Softdrinks besorgen. Bei einem

Get-Together am Ende des ersten Messetages verabredeten Jolanda, eine Standleiterin der Universität Nijmegen und wir, dass unsere Crews am nächsten Morgen für eine Stunde den Stand tauschen werden. Die Uni-Leute hatten jedoch tags drauf zu viel Bammel und der Deal platzte.
Unser Job ist quasi ein Selbstläufer: Super Gehalt, Arbeitsplatzgarantie, toller abwechslungsreicher Beruf, meist nette Kollegen, Kursystem, familienfreundliche Arbeitszeiten im Schichtdienst und mit 55 Jahren Übergang in den Vorruhestand. Traumhaft. Diese Fakten schilderte mein lieber Kollege Marco Wolff vor vielen Jahren einer jungen Dame auf einer großen Abi-Messe. Während des Gesprächs fiel die Dame plötzlich in Ohnmacht und wurde auf dem Hallenboden von den herbeigerufenen Sanitätern betreut. Marco muss sich bis heute natürlich bissige Sprüche, wie: „Naaa, Marco, hast Du als Center-Wachleiter zwischenzeitig wieder ein Mädel ohnmächtig gequatscht?", anhören.
Auf einer anderen Veranstaltung waren drei nette junge Türkinnen sehr interessiert an unserer Tätigkeit, jedoch auch besorgt darüber, ob man denn mit Kopftuch oder Schleier als Fluglotsin arbeiten darf. In meiner unkomplizierten Weise erläuterte ich ihnen, dass man auch im Taucheranzug oder nackt funken könnte, da die Kundschaft uns doch nicht sieht. Ich beschwichtigte natürlich sofort

und forderte sie auf, ihr „Kopf-Kino" abzustellen; lachend sagten sie aber, dass sie mich verstanden hätten.

Ihr könntet sogar nackt im Tower arbeiten!

Einmal hatte ich auch einen anderen extrem coolen jungen Türken am Stand, der kurz meinen Anpreisungen lauschte, dann aber meinte, er als „Kanake" habe ja doch keine Chance. Verdutzt schaute ich ihn an, merkte

jedoch nach wenigen weiteren seiner Sätze, dass er hier auf Mitleid aus war. Wie schlecht die Deutschen gerade ihn doch behandeln würden. Er sei halt nur ein Kanake und ein Idiot. Natürlich wollte ich kein Wasser auf seine Selbstmitleid-Mühle gießen und erklärte ihm schnell, dass „Kanake" nicht unbedingt ein Schimpfwort für Menschen mit südländischem Aussehen sein muss, sondern ursprünglich melanesische Ureinwohner in Neukaledonien im Südwestpazifik beschreibt und eine hawaiianische Bezeichnung für „Mensch" ist. Ja, so einen Kram konnte ich mir immer gut merken! Mein alter Lateinlehrer Herr Porschen hat uns damals zudem erklärt, dass „Idiot" von dem griechischen Idiotes abstammt und „Privatperson" bedeutet. Nun hatte der Türke keine Lust mehr, ging weiter am nächsten Stand jammern und ich konnte den Klugscheißer-Modus wieder abschalten.
Auf einer anderen Berufsmesse unterhielt ich mich mit einer sehr interessierten Abiturientin. Während des Gespräches fiel mir auf, dass die junge Dame extrem lispelte. Sie erklärte mir auf meine Nachfrage, dass sie stolze Besitzerin von drei großen Zungenpiercings sei und streckte mir etwas undamenhaft die Zunge entgegen. Meine Anregung, doch zumindest während der Arbeitszeit die metallenen Stolpersteine rauszunehmen, damit klare Sprachanweisungen gefunkt werden können, lehnte sie entsetzt ab.

Auch auf diesen großen Messen gibt es skurrile Augenblicke mit den Erziehungsberechtigten. Eltern können manchmal extrem peinlich sein. Während der volljährige Sohn daneben steht, preist mir die Mutter in höchsten Lobreden die Vorzüge ihres Nachwuchses an. Er sei der perfekte Lotse. Meine Frage lautet jedoch stets: „Kann er auch sprechen?" und dann unterhalte ich mich mit ihm selbst weiter. Andere Eltern boten uns für Insider-Tipps Geldbeträge für die Kaffeekasse, wir lehnten ab. Zwei junge Damen nahmen mich einmal beiseite und fragten, ob man sich auch „hochschlafen" könnte. Erst war ich sprachlos, dann verneinte ich aus voller Überzeugung!
Obwohl unser Berufsbild beim Einstellungstest eine Durchfallquote von bis zu 95 Prozent aufweist, sehe ich, dass die ganzen Bemühungen im Nachwuchswerbebereich zwar sehr aufwendig, aber nicht umsonst sind. Tatsächlich werden nachweislich in NRW die meisten Fluglotsen und Fluglotsinnen geworben, natürlich prozentual auf den Bevölkerungsanteil hochgerechnet. Da sind Michael Fuhrmann (Pressesprecher in der verbotenen Stadt) und ich auch sehr stolz drauf! Abschließend fallen mir noch zwei Anekdötchen ein, die jedoch nicht die Messebesucher, sondern Mitstreiter am Stand betreffen.
Vor einigen Jahren meldete sich ein Lotsen-Auszubildender der Akademie, Richard Klein, freiwillig zur zweitägigen Berufsmesse in der

Essener Grugahalle. Der liebe Richard war den Lotsen im Kölner Tower schon bekannt, da er bei einer Sitzsack-Wettrutscherei in der Akademie-Freizeit-Area nach dem Anlauf den Sitzsack verfehlte und anschließend den Schwung mit seinem Gesicht auf dem Holzboden abbremste. Dabei verlor unser Held einige seiner Vorderzähne, die vom Zahnarzt jedoch wieder gerichtet werden konnten. Der Sitzsack-Stunt war natürlich mitgefilmt und zahlreich weitergeleitet worden. Ritchie war später zur weiteren Ausbildung im Kölner Tower vorgesehen und deshalb hatten wir beide schon einige Tage vorher die Handynummern ausgetauscht. Am ersten Messetag wunderte ich mich nun, warum er zur bekannten Zeit nicht am DFS-Stand war und rief ihn an. Er stand schon einige Stunden mit seiner Mitfahrgelegenheit im Stau und konnte sicher vorhersagen, dass er an diesem Messetag nicht mehr rechtzeitig vor Ort sein wird. Man traf sich halt abends im Hotel und ging anschließend das Essener Kneipenleben erkunden. Beim Frühstück schilderte er uns, dass er seine gute Jacke in einem Lokal hatte liegenlassen, die er gerne holen möchte und dann sofort zum Messestand nachkomme. Auch an diesem Morgen warteten wir wieder etwas länger auf den Burschen, der mir am Telefon verzweifelt schilderte, dass die Security ihn nicht in die Halle lassen will, da er keine Eintrittskarte habe. Verwundert erklärte ich ihm, dass diese Messe

für die Besucher kostenlos ist und niemand eine Eintrittskarte brauche.
„Sag den Herren der Security, sie sollen Dich gefälligst durchlassen, denn Du gehörst zum DFS-Stand!", befahl ich und legte auf. Erst 45 min später erschien Ritchie bei uns. Es hat ziemlich lange gedauert, bis allen Beteiligten klar wurde, dass unser Messe-Neuling in der falschen Halle und somit bei der „Heim, Haus und Garten"-Ausstellung gelandet war. Ritchie ist aber manchmal auch ein Pechvogel. Jahre später hatte er bei einem Kneipenbesuch sein Fahrrad vor der Gaststätte abgeschlossen und den kleinen Fahrrad-Computer extra in seine Jackentasche gesteckt, damit das Elektronikteil nicht gestohlen wird. In der Kneipe wurde ihm jedoch dann die Jacke, samt Inhalt, gestohlen. Richtig übel war jedoch eine Begebenheit bei einer großen zweitägige Ausbildungsmesse in Hannover, denn hier strapazierte ein junger Auszubildender der Akademie mein Nervenkostüm extrem. Normalerweise schickt uns die Akademie immer sehr tolle und freundliche Unterstützung an den Ausstellungsstand, aber der junge polnische Bürokaufmannauszubildende, Damian Pasalaki (Name geändert), erforderte im Umgang besonderes Fingerspitzengefühl. Am Vorabend der Ausbildungsmesse trafen die Frankfurter Kollegen Christian Pfaff und Martin Thomys sich mit mir an der Hotel-Bar. Hier wurde ich leise auf den jungen Kollegen Pasalaki verbal

vorbereitet, da Christian und Martin schon auf einer Messe in Hessen mit dem Auszubildenden das „Vergnügen" hatten. Da ich mir grundsätzlich mein eigenes Bild über eine Person mache, nahm ich die Warnungen nicht allzu ernst.
Kurze Zeit später traf Pasalaki im Hotel ein. Ein Bodybuilder in Markenklamotten und einem Diamantohrring begrüßte uns wie alte Kumpels und wollte vom Barmann etwas Warmes zu essen haben. Dieser erklärte ihm sehr freundlich, dass die Küche schon geschlossen hat. Pasalaki blieb stur und wollte die Küche wieder geöffnet haben. Streng mahnte ich meinen aufbrausenden DFS-Neuling den Barmann in Ruhe zu lassen und seinen Hunger beim nahegelegenen Fast-Food-Restaurant zu stillen. Mit großen Augen ordnete er sich brav unter, verschwand für 20 min und kam dann mit einer großen Hamburger- und Pommestüte zurück in die Lobby. Am Bartresen verspeiste er gierig sein Essen. Kein Benehmen der Typ! In meiner Funktion als Standleitung setzte ich unsere Abfahrt am nächsten Morgen für 08:00 Uhr an, wobei genügend Zeit zum Frühstück blieb. Um 07:50 Uhr war mein neuer „Diamantohrring-Freund", den ich liebevoll nur noch „Steiff" nannte (wegen dem Knopf im Ohr), noch immer nicht am Treffpunkt. Natürlich rief ich in seinem Zimmer an, hörte am Telefon seine verschlafene Stimme und wies ihn auf unsere Abfahrtzeit hin. Er entschuldigte sich und

wollte in 10 min bei uns sein. Um 08:20 Uhr war der Kerl noch immer nicht da. Nun hatte ich genug, forderte meine anwesenden Kollegen auf einzusteigen und wir fuhren zur 10 km entfernten Messehalle. Steiff kam eine Stunde später im Taxi nach und holte sich erst einmal bei mir seinen „Einlauf" ab. Er versprach Besserung und entschuldigte sich mehrfach. Die Messebesucher kamen in die große Halle und bestürmten auch unseren Stand. Seltsamerweise hatte Steiff nur Interesse daran, unsere berufsrelevanten Informationen lediglich an hübsche junge Damen weiterzugeben. Er stellte sich dreister Weise sogar als Fluglotse vor, obwohl er eine kaufmännische Ausbildung machte. Aufgrund des großen Andrangs an unserem Stand,bemerkte ich erst sehr viel später, dass Steiff mit einer gutaussehenden jungen Dame im Hallen-Café auf der gegenüberliegenden Seite saß. Jedem sei seine Pause gegönnt, jedoch behauptete Steiff, dass das Mädchen unbedingt ein Vieraugengespräch mit einem erfahrenen Fluglotsen haben und er uns damit nicht belästigen wollte. Also hätte er sich geopfert und dem Wunsch entsprochen. Es folgte „Einlauf Numero Zwei" und Damian „Steiff" Pasalaki erkannte, dass er hier nicht mit Menschen aus „Blödmannshausen" zusammen arbeitete. Den Rest des Tages arbeitete er vorbildmäßig, denn er merkte immer meinen eisigen Atem im Rücken. Vor dem Abendessen in einem schönen Restaurant in hotelnähe hatte sich Steiff ordentlich gestylt und wollte nun bei den alten Lotsen punkten, indem er uns günstige Nobelautos aus irgendwelchen zwielichtigen Kanälen zum Verkauf anpries. Unsere Interessenlosigkeit erstaunte ihn und er suchte unsere Aufmerksamkeit nun dadurch, indem er am Nachbartisch einige junge Hühner ansprach und sie an unseren Tisch einladen wollte. Die Frankfurter Kollegen sind jeweils glücklich verheiratet und Martin sollte in den nächsten Tagen sogar Vater werden. Auch ich hatte kein Interesse an diese zwanzigjährigen Schnatterliesen, da sie einfach nicht in meine Beuteschema passen (und ich bestimmt auch nicht in deren). Wir waren wirklich erleichtert, als die Nervensäge Steiff mit den kieksenden Mädels verschwand. Nachts träumte ich von einer riesigen Mücke die mich piesakte. Das dämliche Vieh trug einen Diamantohrring.

Am zweiten Messetag war Steiff pünktlich am Treffpunkt und wollte dafür gelobt werden. Nach dem Motto „Kein Anschiss ist Lob genug!", ließ ich ihn stehen. Auch dieser Arbeitstag verlief wie der vorherige:

Mal lag Steiff mit nacktem Oberkörper am benachbarten Physiotherapeutenstand und ließ sich von einer Auszubildenden massieren (Einlauf Numero Drei), mal legte er sich für eine halbe Stunde hinter dem Kabinenvorhang unseres Standes zum Schlafen, während draußen ein großer Besucherandrang herrschte und der Rest der Stand-Crew hart arbeitete

(Einlauf Numero Vier). Während der Verabschiedung am Ende des Tages hatte er dann noch die Dreistigkeit sich für unsere extrem gute Zusammenarbeit zu bedanken. Dies war jedoch weder sarkastisch, noch ironisch gemeint. Er glaubte wirklich daran ein spitzen Teamworker zu sein und bat mich eindringlich, doch bei seinem Ausbildungsleiter Herrn Machate ein gutes Wort für ihn einzulegen. Da ich doch offensichtlich sehr gute Verbindungen zur Akademie habe, sollte sich ein Lob über ihn für mich lohnen. Er würde sich etwas Schönes für mich einfallen lassen. Lachend lehnte ich ab und schrieb lieber einige Tage später eine E-Mail an die Akademie. Ich machte deutlich, dass ich nicht über die fachliche Leistung des Herrn Pasalaki urteilen kann, aber wenn ich zukünftig einen Messestand leite, dann verzichte ich gerne auf die Unterstützung dieser Person.Tage später erfuhr ich, dass Steiff wohl entlassen worden war, aber man beteuerte mir, dass die Messe in Hannover nicht der Grund war, sondern gottlob endlich der fehlende Tropfen, der das Fass zum Überlaufen brachte. Aber um diesen selbstbewussten jungen Polen muss man sich wirklich keine Sorgen machen.

Dorfgeflüster *(Verdamp lang her)*

Vor einiger Zeit habe ich von den Filmfreunden Gürzenich verschiedene alte filmische Jahresschauen über unser Heimatdorf in digitaler Neuauflage erworben. Die Filmfreunde haben (genau wie Winkel`se H.G.), von den 1960er bis Mitte 1990 das Dorfgeschehen in einer tollen Filmchronik aufgezeichnet und uns in unregelmäßigen Abständen im Jugendheim auf der Kinoleinwand präsentiert. Natürlich sind auch meine Familie, Freunde und sehr viele Bekannte hier auf Celluloid verewigt worden. Nun amüsiere ich mich über die erworbenen zehn DVDs, die eine Auswahl aus knapp 40 Jahren Dorfgeschichte erstrahlen lassen. Es ist total interessant, wie sich unser Dorf über viele Jahre verwandelte. Meine Eltern erzählen von der schon lange verschwundenen Straßenbahnanbindung, von alten Kinos in der näheren Umgebung und so weiter. Natürlich fallen auch mir bewusst einige Veränderungen in den letzten Jahrzehnten ein. Straßennamen wurden neu vergeben. Unsere Zehntgasse heißt auf einmal Trierbachweg oder aus der Reutersgasse wurde der Gillesweg. Der alte Fußballplatz wich dem Neubaugebiet Graf-Schellart-Platz, unser Bundeswehr-Munitions-Camp wurde Jahre später still gelegt. Viele Handwerksbetriebe wurden durch größere Supermärkte ersetzt oder verschwanden ganz aus dem Dorfbild. Einige Handwerker waren

damals relativ konkurrenzlos. Nennen möchte ich hier bekannte Beispiele, wie Siepen`se Fränz (Busunternehmer), Müller`se Michel (Autowerkstatt mit verbalem Pfiff), Weiler`se Jupp (Steinmetz), Marnach (Änderungsschneiderei), Metzgerei Heyer, Birekoven`se Adolf (Bauunternehmen) oder Schmied Gerth. In der Kategorie „Wirtshäuser" gab es da schon mehr Auswahl, wie zum Beispiel Clemens`se Bulle und Katja (Am Markt), Gaststätte Lüssem, der schon bekannte Schulz`se Fränz (Bürgerhof, unser Handball-Stammlokal) oder Porschen`se Änne (Waldschänke). In der letztgenannten Kneipe trafen wir uns gerne nach den Chorproben und gründeten unter anderem unseren Trinksportverein TSV.
Gürzenich konnte auch eine stattliche Anzahl von Schreiner- und Tischlermeister aufweisen. Da fallen mir spontan Schreiner Schmitz`se Tünn, Merkens, Birekoven und natürlich mein Onkel Esser`se Peter-Paul ein. Peter-Paul war verheiratet mit meiner Patentante Anneliese . Die beiden wohnten mit ihren drei Söhnen direkt neben meinem Elternhaus. Onkel Peter-Paul und Tante Anneliese waren, genau wie meine Eltern, sehr fleißige Menschen. Zur großen Schreinerei im Dorf gehörte auch das Bestattungsunternehmen Esser. Beerdigungen liefen im Optimalfall wie folgt ab: Peter-Paul sargte die Leiche ein und Anneliese klärte Papierkram mit Trauerfamilie. Dabei kam ihr

immer zu Gute, dass sie tatsächlich auf Kommando mitfühlend weinen konnte. Kranz- oder Kübelbestellungen erfüllten meine Eltern; eventuell auch noch spätere Grabpflege. Grabstein wurde vom Handball-Urgestein und Steinmetz Weiler`se Jupp geliefert. Bei uns liegen sie richtig!
Meine Tante und mein Onkel waren prima Leute, aber besonders zu Peter-Paul fallen mir noch folgende Anekdötchen ein: Einmal durfte ich dabei sein, wie mein Papa und mein Onkel in Aachen eine Leiche abholten. Damals fuhr der Schreinermeister noch keinen Spezialkombi, in dem hinten ein Sarg reinpasst, sondern er zog mit seinem neuen Mercedes einen edlen Spezialanhänger, der für solche Transporte benutzt wurde. Mir stockte der Atem, als wir auf der Autobahn zwischen Aachen und Düren 180 km/h schnell fuhren. Der Anhänger blieb sauber in der Spur und Peter-Paul meinte nur:*" De` do hinge merkt suwiesu nix mi!"*.
An einem Sonntagmorgen sang unser Jugendchor in der Heimatgemeinde im Gottesdienst. Natürlich hatten wir auch peppige Gospels und ähnliche moderne Kirchenmusik im Repertoire. Wir rockten die überfüllte Kirche und erhielten großen Applaus. Etwas später saßen die alten Herrschaften wie immer am Stammtisch beim Schulz`se Fränz und kommentierten das aktuelle Weltgeschehen. Peter-Paul fragte mich: *„Mößt Ihr Puute*

eijentlich suveel Änglisch singe, dat verstäht doch keene normale Minsch!".
Mein Gegenargument, dass er die Lateinischen Choräle doch auch nicht verstehen würde und er doch gerne auch sein Hörgerät abschalten könne, konterte er mit einem zackigen: *"Dat es jäät jaanz anderes, ansunste hätt der Hitler dat Lateinische doch verbodden!"*.
Aber ich möchte nun den Faden nicht ganz verlieren, also zurück zu den Handwerksbetrieben. Gürzenich war übersät mit Bäckereien. Arbeite ich mich in meinen Erinnerungen durch die Straßen vom Oberdorf bis zum Unterdorf, so fallen mir mal locker sechs Backstuben ein. Meine Mama war stets bestrebt, alle Betriebe als Kundin zu beglücken. Mohr`se Alfred lieferte uns samstags süße Brötchen und Teilchen per Wagenverkauf. Bei Weingartz`se Fränz und Müller`se Alfred wurde, wie bei Schneppenheim und Grass, sporadisch eingekauft. Schmitz`se Pitter lieferte uns dagegen sechs Mal die Woche die Brötchen vor die Haustür. Die letzten drei genannten Bäckereien lagen übrigens in einem Radius von 20 m. Die Liste der genannten Handwerksbetriebe ist natürlich nicht vollständig, die Friseure, Maler, Autowerkstätten, Schnellimbisse, etc. mögen mir bitte verzeihen.
Andere markante Gürzenicher, mit denen ich in der Jugendzeit zu schaffen hatte (Kirschgen`se Will, Schmitz`se Sock, Robens`se Toni usw.),

werden mir weiterhin unvergessen bleiben. Stellvertretend nenne ich hier Müller`se Werner, den mein Papa stets als einen „wirklich edlen Kerl" titulierte. Werner hat in der Dürener Glashütte gearbeitet und sogar im Ruhestand noch Gravuren aller Art auf das zerbrechliche Material gezaubert. Meine Eltern haben damals an zahlreichen Bustouren der Firma Siepen teilgenommen und sehr oft von den Bespaßungen des Herrn Müller erzählt. Werner rief z.B. einfach so seine Schwester Neudorf`se Margot an und erzählte ihr ganz aufgeregt: „Nää, Du jlöövst et nit. De Mam es schon wedde en Angere Ümständ!" Dabei kann Oma Müller nun wirklich keine Kinder mehr kriegen. Mit seinem Enkel Andi streunte unser Held sehr oft durch den angrenzenden Wald und deutete Spuren. Unter anderem fand man die Spur des „Rheinländischen Bison", eine Fantasiefigur die einfach gut in die gerade spannend erzählte Indianergeschichte „ Auf den Spuren der Schweißfuß-Indianer" passte. In der Grundschule befragte tags darauf der Lehrer Köhler die Kinder über heimischen Waldtiere und neben den genannten Fuchs, Hase oder Igel bestand Andi darauf, dass es auch den Rheinländischen Bison gibt. Er hat es schließlich mit seinem Opa im Wald verfolgt, wenn auch nicht gesehen. Lehrer Köhler bat den Naturfreund Müller`se Werner in der nächsten Unterrichtsstunde doch über Waldtiere zu referieren. Gerne erzählte Werner seinem

gespannten Auditorium die Besonderheiten der Waldbewohner, erwähnte jedoch auch den Rheinischen Bison, welches man jedoch nur zu Gesicht bekommt, wenn man absolut leise ist. Riesige Kinderaugen sahen einen imaginären Bison vor sich, so gut schmückte Werner seine Geschichten aus. Nach dem Unterricht meinte Herr Köhler nur: „Musste die Bisongeschichte denn wirklich sein?" Die Antwort: *„Loss de Kinge de Fantasie, sulang se noch hann!"*
Viele Gürzenicher Persönlichkeiten sind schon lange tot, haben jedoch auch ihre Spuren in der alten Dorfgemeinschaft hinterlassen.
Doch zurück zu den DVD-Filmchroniken. Die aufgezeichneten Jahrzehnte unserer Dorfgemeinschaft werden logischerweise chronologisch ausgestrahlt, also von Januar bis Dezember eines Jahres. Das erste Highlight der Jahresschau ist immer der Sitzungskarneval, gefolgt vom Rosenmontagszug. Da meine Oma mütterlicherseits, Kruse`se Martha, über viele Jahrzehnte den Jüzzenicher Kinderkarneval und die großen Tanzgarden organisierte, choreografierte und betreute, waren natürlich auch wir Enkelkinder mit eingespannt. Als kleine Kinder standen wir schon mit diversen Tanzdarbietungen auf der Bühne. Volker tanzte später in der großen Tanzgarde mit und zeichnete sein Können durch spektakuläre Hebefiguren aus. Mit 14 Jahren war ich sogar einmal Kinderpräsident und leitete mit meinem

Elferrat durch das Programm (Kumpel Kiddel war natürlich in meinem Elferrat).
Karnevalssüchtig ist jedoch Bruder Winni geblieben. Unser *Schwadlapp* leitet über viele Jahre als Karnevalspräsident die großen Prunksitzungen und dies macht er wirklich klasse. In der Session 1994/1995 war er sogar Karnevalsprinz. Sein damaliges Prinzenmotto: *„Im Narrendampfer de Trierbach eraff, Prinz Winni un Jüzzenich 3 x Alaaf".*
Dazu passend war sein aufwendiger Karnevalswagen für den Rosenmontagszug, denn über viele Wochen wurde ein super Raddampfer-Wagen gebaut. Mit diesem prächtigen Gefährt hätte er locker im Kölner Rosenmontagszug mitfahren können.
Als Ur-Karnevalist hat Winni in seinem Haus auch einen Raum, der über und über mit Orden verziert ist. Vor einigen Jahren hat mein Sohn Tim das Prinzenkostüm von 1995 anprobiert. Es passte wie angegossen.
Leider konnte ich in keiner Jahresschau sehen, wie wir Messdiener am Gründonnerstag Eier und Geld an den Haustüren sammelten und die typischen Segens-Zeichen,wie „19*C+M+B*82" mit Kreide an die Hauswand schrieben.
Teilweise gibt es Hauswände in Gürzenich, an denen noch Kreidesignaturen der letzten 20 Jahre erkennbar sind. Unser Pastor Henry (Gasper`se Heinrich) war ein angenehmer Zeitgenosse, der sich immer offen gegenüber den Gürzenicher Vereinen zeigte. In sehr

schlechter Erinnerung habe ich dagegen einen Aushilfsgeistlichen, der als Kind wohl in einen Weihwasserkessel gefallen ist. Der weltanschaulich im Mittelalter stehengebliebene Pater Foriki und die, der modernen Kirche gegenüber aufgeschlossenen, Dorfjugendlichen harmonierten absolut nicht zusammen. In den 80er Jahren hatte der Papst den offiziellen Irrtum der Kirche, die Erde sei eine Scheibe und das Zentrum des Universums, noch nicht offiziell widerrufen und somit war Speerspitze Foriki weiterhin Verfechter mittelalterlicher Thesen. Die aktiven Gruppenführer des Jugendheimes trafen sich mit einigen anderen Jugendausschuss-Persönlichkeiten zur monatlichen Führerrunde (der Name war nicht sehr glücklich gewählt), besprachen anstehende Probleme und suchten Lösungen. Problem Foriki konnte nicht gelöst werden.
Organisiert werden musste natürlich auch die monatliche Disco. Über die Jahre hinweg übernahmen wir Jugendliche bei diesen Events immer gerne die Verantwortung zur Durchführung. Lange habe ich an unserer ersten Spiegelkugel gebastelt, eine Sisyphusarbeit, die so manchen Tropfen Blut kostete. Lange Zeit war ich „Herr des Einkaufscheins", der den Plattenkauf bei den Musikgeschäften Nikel und Gunkel ermöglichte. Sobald ich einen neuen Stapel Singles gekauft hatte, wurden diese daheim auf Cassette

aufgenommen und für zahlreiche Freunde kopiert. Lange Jahre gehörte ich zum DJ-Team, das später durch das BWS-Team (Bert Welsch und Winfried Schmitz) ersetzt wurde. Ein aus heutiger Sicht wohl eher lächerliches Highlight war stets unser Gruppengehopse beim Stones Klassiker „Satisfaction". Jungs und Mädels, die in der Mitte des Tanzkreises rumhüpften, konnten nur abgelöst werden, wenn ein neuer Tänzer des Aussenkreises geküsst wurde. Wir waren halt jung, unschuldig und unerfahren. Unsere Sexfantasien konnten eventuell vom Seite-1-Mädchen der Bild-Zeitung erfüllt werden, andere Quellen waren tabu. Trotzdem sind wir in den Sommermonaten nach einer Discoveranstaltung gerne zum Gürzenicher Badesee gefahren, dort über den Zaun geklettert und waren mit den sexy Dorf-Girls nackt schwimmen. Disziplinvoll wurde trotz der schlaflosen Nacht am nächsten Morgen das verdreckte Jugendheim wieder gereinigt und das komplette Parkett gebohnert. Das Jahr schreitet voran und Christi Himmelfahrt wird gefeiert. Eigentlich wurde mehr der Vatertag zelebriert, der stets angeheitert endete. Seit jedoch meine Kinder das Licht der Welt erblickten, habe ich seltsamerweise nie mehr den Vatertag gefeiert. Dies wird sich ändern, denn ich möchte genau, wie mein Kollege Jens Vieregge, einen extrem coolen Bollerwagen aufpimpen, der Kühlung und Musikanlage beherbergt. Brauchbare

Sonderausstattungsideen nehme ich natürlich entgegen. In den kommenden Film-Szenen wurde das jährliche Maifest vorgeführt, dies können wir nach meiner ausführlichen Darstellung in einem vorherigen Kapitel getrost überspringen.
Auf dem Fernseher erscheint die jährliche Fronleichnamsprozession, die meist mit einer Abschlussmesse am wunderschönen Weierhof beim Dorfausgang Richtung Wald endete. Mehrfach sieht man einen großen dünnen Messdiener, nämlich mich, andächtig durch das Bild laufen (verstehe gar nicht, woher mein heutiger Bauch kommt). In den Händen hielt ich das rauchende Weihrauchfass, das liebevoll auch „brennende Handtasche" genannt wurde. Man sieht Gottseidank nicht, wie mein, leider schon verstorbener Freund Rudi nach einer langen Partynacht morgens sein Fensterchen im zweiten Stock öffnete und sich in heftigster Weise übergibt. Leider genau in dem Augenblick, als unterhalb von ihm die ehrwürdige Gürzenicher Katholikenschaft im Prozessionsmarsch vorbei zieht. Glücklicherweise ließ sich das Erbrochenen gut von der schiefergedeckten Hauswand entfernen.
In der zweiten Jahreshälfte wurden stets die Schützenfeste der beiden Gesellschaften gefeiert. Meine Clique gehörte der großen St. Hubertus Bruderschaft an, deren Schützenhalle in der Nähe vom „Haus für

Gürzenich" steht. Dieses Gebäude wurde damals besonders unter großem Einsatz von meinem Papa und Mikeska`se Wolfgang gebaut.1984 war ich Jungschützenprinz der Gesellschaft und ich kann mich noch sehr gut daran erinnern, wie ich mit meiner Prinzessin Köhler`se Birgit (die ein Gipsbein hatte) den Ehrentanz machte.
Der Vereinszusammenhalt war sehr schön und wir Jungschützen feierten gerne mit den älteren Schützenbrüdern und -schwestern. Automatisch fällt mir bei diesen Bildern auch ein, dass wir aus 96 geleerten Kümmerling-Fläschchen die Olympischen Ringe legten. Seltsam, was sich alles so in meiner Erinnerung verbirgt.
Ende September findet immer das Pfarrfest statt, bei dem alle Ortsvereine und besonders die Jugendgruppen ihre Gestaltungshilfe anbieten und durchführen. Wunderbar, dass es dieses traditionelle Dorffest weiterhin trotz schwindender Kirchenmitgliederzahl, gibt. Würden Gemeindemitglieder wie zum Beispiel Jansen`se Doris und ihr Mann Charly nicht einen so großen Einsatz für die Dorfgemeinschaft bringen, dann würde an diesem Tag vieles nicht funktionieren. Vielleicht könnte dann der Einsatz aller Damen bei der großen Kaffeetafel im Jugendheimsaal nicht so perfekt klappen, vielleicht könnte das traumhaft falschspielende Blasorchester VKW (Vereinigte Kessel Werke) nicht mehr Zusammenkommen und vielleicht hätte die Gemeinde anschließend

keinen großen Erlös für die Pfarrarbeit gesammelt. Dank der Unterstützung des Pfarrgemeinderates, des Kirchenchors, der Pfarrbücherei und der vielen anderen Institutionen lebt unser Pfarrfest jedoch weiter! Die Filmfreunde sind nun beim St. Martins Fest angelangt. Auf der „Jahresschau 1965"-DVD sieht man meinen Bruder Volker als Zweijährigen, der auf dem Arm von Oma Martha sitzend vom St. Martin eine Bretzel überreicht bekommt. Knapp 50 Jahre später baut Freizeit-Feuerwehrmann Volker mit seinen Löschzugkameraden und Sohn Tom selbst das große Martinsfeuer auf. Sollte die Freiwillige Feuerwehr Gürzenich jemals an Ihrer Tür klingeln und um eine Spende für die Sammelbüchse bitten, so zücken Sie gnadenlos einen annehmbaren Geldschein! Ohne diesen Obolus könnten unsere schönen St. Martinsfeiern nicht bestehen und kleine Kinderaugen füllten sich mit Tränen. Das möchten Sie doch nicht, oder?!
Auf dem Bildschirm erscheinen nun Bilder aus der Vorweihnachtszeit und das Ende der Jahresschau kündigt sich an. Die verschiedenen Gürzenicher Chöre schmettern Lieder aus ihrem Repertoire. Es ist lange her, dass ich im Jugendchor mitsang und ich sinne nun darüber nach, was aus meinen alten Mitstreitern beruflich geworden ist. Da gibt es den heutigen Unternehmensberater Ulli, die Radiomoderatorin Angela, die Lehrerin Dina,

den Bauunternehmer Rudi, den Schulbuchverleger Dietmar, die Rechtsanwältin Ute, die Webdesignerin Eva, den Richter Peter, den OP-Assistenten Richard, usw., usw. Unsere Chorleiter Franken`se Manfred und Mäsch`se Martina haben ihren Vorbild-Part bestens erfüllt. Der Abspann zeigt nun das Ende der Jahresschau an und der Alltag holt mich wieder brutal ein. Danke liebe Filmfreunde; es war eine schöne Zeitreise.

Englisch *(Leeve Kölsch kalle)*

Deutschland anglifiziert sich immer mehr. Englisch ist eine Weltsprache und aus unserem Konsumland nicht mehr weg zu denken. Schon früh achteten wir darauf, dass die Kinder bei unseren verschiedenen Urlauben im Ausland vorher erlernte Vokabeln auch in der Praxis anwenden konnten. Die drei Kleinen diskutierten dann kurz die sprachliche Taktik und freuten sich über ihr erstes auf Englisch oder Französisch bestelltes Eis. Besonders die Mädchen sind sehr sprachbegabt und haben gute Kenntnisse in Englisch, Französisch, Italienisch, Portugiesich und Spanisch. Ehrfurchtsvoll ziehe ich meinen Hut.
In meiner Jugend lernte ich nur begeistert Latein- oder Englischvokabeln, wenn mich das dazu gehörige Thema interessierte. Als großer Schallplatten-Fan hatte ich schon Spaß daran, Musiktexte ins Deutsche zu übersetzen. Besonders bei diversen Frank-Zappa-Texten kamen öfters sonderbare Schweinereien zum Vorschein, die einen erröten ließen. Da es nur wenige deutsche Fernsehsender gab, schauten wir uns mit großer Begeisterung die Action-Serien auf Nederland 2 an. Hier kämpfte zum Beispiel das „A-Team" in originalem Englisch und wurde Holländisch untertitelt.
Mit je einer französischen und holländischen Brieffreundin schrieb ich über Jahre Liebesbriefgeflüster auf Englisch.

Spätestens in der Flugsicherungsausbildung hieß es für alle: „Improve your English!" Hier empfehle ich ganz besonders das „German Coast Guard Trainee" Video auf You Tube als Ansporn. Luftfahrtenglisch ist in vielen Bereichen sehr banal und einfach gehalten, denn Anweisungen sollen klar und deutlich vermittelt werden. Seit einigen Jahren ist es europäischer Standard, dass Fluglotsen aller Länder einen turnusmäßigen Englisch-Test absolvieren müssen. Level 6 ist die höchste Kenntnis-Stufe, dann ist man sein Leben lang prüfungsfrei. Da unsere prüfenden Kollegen jedoch selbst nur auf Level 5 geprüft wurden, dürfen sie uns wiederum nur auf maximal Level 4 prüfen. Ärgerlich für meinen Kollegen Edgar, der ein Englisch-Muttersprachler (native speaker) ist und trotzdem getestet werden soll. Der Schwachsinn erreicht jedoch seinen Höhepunkt, wenn man weiß, dass Französische und Italienische Fluglotsen „per Hand auflegen" vom Staat Level 6 erhalten haben. Hört man z.B. Piloten aus den beiden Nationen beim Funken zu, kann man zu dieser Entscheidung eigentlich nur mit dem Kopf schütteln.

Aber auch andere Profis greifen gerne einmal in die sprachliche braune Masse. Vor Jahren war George Lukas, der Erfinder der Star Wars Serie, bei Thomas Gottschalk in der „Wetten, Dass..."- Show zu Besuch. Lukas verabschiedete sich mit dem berühmten Satz:

„May the force be with you!".
Der Dolmetscher übersetzte leider nicht: „Möge die Macht mit Dir sein!", sondern „Am vierten Mai sehen wir uns wieder!".
Haben wir auf der Arbeit eine hohe Funkbelastung und werden zugleich mit einer Informationsflut von allen Seiten zugeschüttet, so kann sich schon einmal ein Versprecher oder die Suche nach einer korrekten Vokabel einschleichen. Gnadenlos nützen meine Kollegen und ich diese Situation aus und belächeln noch lange Zeit später diese falschen Phrasen. Einem anfliegenden Airbus-Piloten wollte ich auf einen kreuzenden Vogelschwarm von rechts nach links aufmerksam machen, wandte jedoch die falsche Phraseologie an. Anstatt vor „flock of birds" warnte ich vor „bird strike from the right". Eigentlich nicht so extrem schlimm, der Pilot hat den "Vogelschlag von rechts" wahrscheinlich eher als humoristische Einlage gesehen und fühlte sich gewarnt. Gerne werde ich heute noch damit aufgezogen. Genauso gerne wird Kollege Jan geärgert, der einmal nach der Übersetzung für die rot-weiß-gestreiften Pylone suchte. Aus dem Hintergrund schallte es von unserem Pferdeflüsterer Charles: „Das heißt little hats (kleine Hüte)!". War natürlich totaler Quatsch, wurde aber nachgeplappert. Gefunkt ist gefunkt und wird bis heute stets zitiert.
Bekannter Weise sprechen wir mit Piloten aus aller Welt und den verschiedensten

Kulturkreisen auf der Funkwelle. Manchmal hört man den extremen Slang von texanischen Frachtpiloten, manchmal die verschüchterte Stimme einer neuen Co-Pilotin oder die Telefonsex-Stimme der Pilotin einer kleineren Charter-Gesellschaft. Rätselhaftes Staunen erfuhren wir auch bei Anfragen an englische Hubschrauber-Piloten. Erkundigt man sich nach deren augenblicklicher Position, da durch den sehr tiefen Sichtflug die vertikale Radarabdeckung nicht ausreicht, bekommt man als Antwort schon einmal: *„We are overhead Zeipentschibörtschi."* Nach erneuter Nachfrage fühlt man sich trotzdem noch im Tal der Ahnungslosen. Wo ist denn Zeipentschibörtschi? Der Pilot hat einfach seine Karte abgelesen und dort stand „Siebengebirge". So wurde übrigens aus der Stadt Much die passende obskure Positionsmeldung *„Matsch"*.
Luftfahrtenglisch geht den Piloten und Fluglotsen natürlich in Fleisch und Blut über. Sollten junge, noch unerfahrene Co-Piloten nervös auf der Funkwelle stammeln, so helfen meine Kollegen und ich gerne *("Liebelein, kannst mit misch och op Kölsch funke!")*.
Im Luftfahrtenglisch muss die englische Zahl Drei ohne „th" ausgesprochen werden, also wird aus „three" soundmäßig „tree". Klingt seltsam und kann im Urlaub schon einmal verwirrte Blicke des Gegenübers bringen. Verlangt der Vater den Hotel-Zimmerschlüssel und sagt:

„Key number Tree please!", so muss er sich logischerweise auch vom pubertierenden Sohn schon einmal belehren lassen. Es ist absolut wichtig, dass wir im Job die korrekte unverwechselbare Phraseologie benutzen.
Piloten sollen eindeutige Anweisungen erhalten. Schon seit vielen Jahren ist die Anweisung „Are you ready for Take-Off? "absolut tabu. Korrekterweise heißt es „Are you ready for departure?" oder „Cleared Take Off!".
Leider ist dies nur bei Piloten und Fluglotsen bekannt. Versicherungen, Banken, Job-Center und ähnliche Werbenutzer lieben diese Phrase, jedoch mir sträuben sich beim Lesen der Plakate immer die Nackenhaare.
Wir Fluglotsen sind immer zu Späßen bereit und versuchen gerne, die Kollegen beim Funken aus der Fassung zu bringen. Seit vielen Jahren muss ich mich bei einer Streckenfreigabe nach Bukarest Otopeni immer extrem zusammenreißen, da als running gag im Hintergrund regelmäßig „Ottos Penis" gerufen wird.
Koordiniere ich über die Gegensprechanlage mit dem Langener Kollegen Harry Dick, muss ich immer an die Geschichte denken, als Harry von zwei amerikanischen Flughafenkontrolleuren ausgelacht wurde, die nicht glauben konnten, dass der Kerl „Hairy Dick" heißt (bitte selbst nachschlagen).
Lustige Dialoge zwischen „pilot and controller" gibt es unendlich viele. Tatsächlich könnte ich

hier mehrere Kapitel damit füllen, aber schauen Sie einfach mal ins Internet, da gibt es riesige Sammlungen darüber und die Dialoge sind inhaltlich alle wahr.
Lustige Versprecher erleben wir jedoch nicht nur auf dem englischen Flugfunk, sondern sehr häufig auch auf dem deutschen Fahrzeugfunk, unserem zweiten Mikrofon am Arbeitsplatz. Ein Schlepperfahrer rief uns: „Turm vom Stangenschlepper!". Antwort vom damaligen Azubi Ollie Bullmann: „Stangenschlecker, kommen Sie!" Oliver Werwie wies einem Piloten anstatt einem „Traffic Pattern" (Platzrunde) einen „Petting Treffer" zu.
Einmal hatte ein Feuerwehrfahrzeug eine Löschübung mit der großen Aufbauspritze. Cool meinte der Feuerwehrmann: „Turm vom Spritzer!" Lässig antwortete ich: „Spritzer, kommen Sie!" Wird immer wieder gerne zitiert, genauso wie der Faux Pas, die Firma „Kanalkontrolle" mit „Analkontrolle" anzusprechen!
Obwohl solche Versprecher vorkommen, so geschehen diese doch sehr selten. Die Anwendung der korrekten Phraseologie ist enorm wichtig! Das nötige Zurücklesen (Read Back) der Piloten wird konzentriert überprüft und von uns bestätigt. Dies bedeutet aber nicht unbedingt, dass der Pilot die angeordnete Anweisung auch richtig durchführt und deshalb beobachten wir natürlich, soweit möglich, die Bewegungen der großen Metallvögel. Auch

Piloten sind nur Menschen und auch ihnen können Fehler unterlaufen.
In diesem Zusammenhang fällt mir meine langjährige und sehr geschätzte Kollegin Christine ein. Tinchen war schon immer extrem zielstrebig und diszipliniert, wenn sie ein Ziel vor Augen hatte. Neben ihrem Lotsenjob, betreute sie mit ihrem Mann die gemeinsamen kleinen Kinder, studierte irgendetwas, trainierte wie verrückt für die Hawaii-Iron-Man-Qualifikation und nahm tatsächlich auch an diesem Hammer-Triathlon teil. Sie war stets engagiert im Betriebsrat tätig und ist inzwischen die Niederlassungsleiterin des Hamburger Flughafen-Tower. Ich prophezeie jedoch, dass dies noch nicht das Ende ihrer Karriere ist. Christines kleine Schwester, Rebekka Krampitz, ist übrigens die sehr sympathische Wetter-Fee im WDR-Radio (die Eltern Krampitz haben in der Erziehung ihrer Mädchen anscheinend alles richtig gemacht). Während ihrer Lotsenzeit in Köln fiel mir auf, dass Christine grundsätzlich ihren Meinungsstandpunkt klar darstellt und diesen, manchmal etwas zu vehement, verteidigte. Ein solches Verhalten ist mir persönlich viel lieber, als so mancher heuchlerischer verbaler Erguss anderer Mitmenschen. Natürlich konnte Christine ihre Stimme auch gegen aufmüpfige Piloten erheben und somit klarstellen, wer hier am Anfang der Nahrungskette steht. Einmal hatte meine Kollegin es mit einer Formation von zehn Black

Hawk Sikorsky UH60 Hubschraubern der amerikanischen Streitkräfte zu tun, die nach einem Zwischen-Tankstopp von unserem militärischen Teil starten wollten, um ihr Zielgebiet in einer afrikanischen Krisenregion anzufliegen. Als Christine beobachtete, wie einige dieser Drehflügler sich ohne Freigabe des Lotsen auf der aktiven Landebahn positioniertn, platzte ihr der Kragen. Die Bahn musste schnellsten wieder frei gemacht werden, da eine Verkehrsmaschine im kurzen Landeanflug dieser Piste war. Tinchen faltete die Hubschrauberpiloten dermaßen, dass diese nicht nur in wenigen Sekunden die Piste wieder frei machten, sondern sich bestimmt auch lieber in einem Feuergefecht in Afghanistan befunden hätten. Nach dieser legendären Aktion, wollten einige Kollegen unserer Christine respektvoll beim Kampfhunde-Duell anmelden. Wir vermissen Dich!

Nicht immer herrscht Friede, Freude, Eierkuchen!

Kontrollstelle Tor A
(Do laachste disch kapott)

Im Laufe seines Lebens macht jeder immer wieder Erfahrungen, die er gerne vermieden hätte. Situationen, die man sich meist nicht selbst aussucht, jedoch über sich ergehen lassen muss.
Zurückblickend kann ich spontan auf Läusealarm im Kindergarten, Elektrozaun pinkeln, 72 h-Übungen beim Bund, Bewerbungen schreiben, stundenlanges Warten auf Handwerker oder im strömenden Regen auf der Naturbühne am Nürburgring zu stehen verzichten. Ich würde nie mehr so jung heiraten, mich auf ein Memory-Spiel mit Chiara einlassen oder einen Ford XR3 mit kaputten Magnetschalter fahren. In Zukunft werde ich bei schlechtem Wetter nicht mehr mit der Vermessungsmaschine fliegen oder eine Butterfahrt nach Helgoland machen. Mir wurde jeweils kotzübel. Leider kann ich es jedoch meist nicht vermeiden, im Kino neben einer extrem raschelnden Fressmaschine zu sitzen, die auch noch alle fünf Minuten ihr Handy aufleuchten lässt oder aufs Klo muss.
Überhaupt nicht zu vermeiden ist die tägliche Kontrolle der Security auf dem Weg zur Dienststelle. Damit sind wir thematisch beim Thema „Tor A" angelangt.
Vor dem 11. September 2001 mussten die Kollegen und ich lediglich den Dienstausweis

kurz zeigen und gelangten dann mit dem Auto in den Frachtbereich und auch zum Tower des Köln-Bonner Flughafens.
Die großen Firmen, wie UPS, Zoll, DHL oder DFS hatten sowieso schon immer eigene Ausweiskontrollen, der den Zugang für Nicht-Berechtigte unmöglich machte. Fremdfirmen, die Waren anlieferten, konnten nicht so einfach mal schnell auf die aktiven Flugbetriebsflächen, denn vorher mussten codierte Schranken und Drehkreuze passiert werden. Alle Personen, die in ein Flugzeug gelangen, müssen und sollen vorher immer kontrolliert werden und das ist auch richtig so! Nachdem Osama Bin Laden und seine Gefolgsleute durch die Flugzeugattacken die Welt erschütterten, wurden überall in der westlichen Hemisphäre die Kontrollen im Luftfahrtbereich um ein Vielfaches verschärft. Natürlich geschah dies auch am Kölner Airport, jedoch ist man teilweise übers Ziel hinausgeschossen.
Eine siebenspurige Kontrollstelle ist für sehr teures Geld gebaut worden, damit viele Security-Angestellte uns seitdem täglich überprüfen können. Tor A wird von uns auch liebevoll „Tor Helmstedt" genannt, da die wenigen Autos, die jetzt noch in den Innenbereich dürfen, abgespiegelt und durchsucht werden. Da gibt es Kontroleure und Kontrolleurinnen, die im Rahmen ihres Aufgabenbereiches, extrem freundlich und nett sind, einige wenige jedoch blicken sehr

mürrisch, ja sogar unfreundlich und sind sich ihrer „Machtposition" bewusst. Die täglichen Körperbetatschungen können einen aber auch nerven. Im Prinzip kann man auch nackt durch den Scanner gehen, eine Quotenregelung zwingt den Johnny Controletti dann, uns doch zu untersuchen. Die Tower-Crew hat sich einen Motivationsspruch zugelegt: *„Lieber Tor A, als gar keinen Sex!"*
Während wir mit einer wildfremden Person ungewollte körperliche Annäherung haben, werden unsere Autos zwischenzeitig liebevoll durchwühlt. Ist echt peinlich, wenn ein unbekannter Mensch täglich dein Fahrzeug umkrempelt (normalerweise nehme ich noch nicht einmal Anhalter mit). Nun ja, immerhin gehören wir DFS-Mitarbeiter zu den wenigen Menschen, die noch mit dem privaten Auto in den inneren Frachtbereich pendeln dürfen. Fast alle Flughafenangestellten müssen sich in die Shuttlebusse quetschen. So ein Shuttlebusfahrer fährt in seiner Schicht mehrere hundert Kilometer quasi im Kreis; ein Traumjob. Meine monatlichen Besuchergruppen (Abiturienten) dürfen übrigens nicht alleine mit dem Bus im Frachtgelände fahren, da sie möglicherweise vor der Tower-Station aussteigen und in einem der Gebäude eine Bombe ablegen könnten; so erklärte es mir ein Security-Mitarbeiter auf Nachfrage. Mein Einwand, dass die Jugendlichen vorher kontrolliert wurden und jedes Innengebäude

wiederum eine eigene Security oder kodierte Türen habe, ließ er nicht gelten.
Herr, lasse Hirn regnen!
Unsere Spätdienst-Crew wurde früher vom Pizzaservice direkt an der Towertür beliefert. Heute muss einer von uns den Kilometer zur Kontrollstelle fahren, draußen das Essen bezahlen, um anschließend komplett wieder durchleuchtet zu werden und den Weg zurück zu fahren. Wird die vorherige Schicht im Tower abgelöst, so erfährt man von den Kollegen schnell wieder die neusten Kapriolen der emsigen Security. Eine ehemalige Auszubildende hatte in jedem Ohr knapp zehn Ohrringe und somit beim Metalldetektor immer ein Freispiel. Wir nannten das Mädel liebevoll „Iron Maiden".
Kollege Hagen hatte ein fast leeres Feuerzeugbenzin-Nachfüllpack dabei. Panikartig wurde dieser konfisziert, zugleich durfte er jedoch mit seinem Geländewagen, der einen 85 l-Tank voll Sprit hat, passieren. Dies macht doch so viel Sinn, wie das Stimmen einer Luftgitarre!
Auswärtige Manager der Flugsicherung, Lufthansa oder anderer Institutionen dürfen ohne Begleitung ebenso wenig zu ihren Dienststellen, wie zum Beispiel der Chef der Bundespolizei. Eine Großalarmübung der Feuerwehr musste abgebrochen werden, da die herangezogene Berufsfeuerwehr der Stadt Köln, trotz Blaulicht und Martinshorn, keinen Zutritt

erlangte. Hoffentlich passiert so etwas nicht bei einem wirklich großen Unglück.
Ein Notarzt, der zur Rettungshubschrauberbesatzung des CHRISTOPH 3 gehört, nutzte eine Einsatzpause um seinen Flughafenausweis verlängern zu lassen. Alle Ausweisangelegenheiten werden im REGISTRATION-Gebäude in der Nähe vom Tor A durchgeführt. Während der Arzt wartete lief eine Notfallmeldung ein und die damit verbundene Aufforderung zum Hubschraubereinsatz. Die Security weigerte sich den Notarzt wieder zum Hubschrauber zu lassen, da ein gültiger Flughafenausweis in diesem Augenblick nicht gezeigt werden konnte. Kommt der Arzt nicht zum Hubschrauber, so muss der Hubschrauber halt zum Arzt. Der CHRISTOPH 3-Pilot landete einfach vor der Tor A Einfahrt und beachtete die maulenden Security-Leute nicht.
Die schlecht bezahlten Angestellten der Security-Firma machen nur ihren Job, dies ist uns allen klar. Warum jedoch ein fünfjähriger kostümierter Neffe von Arbeitskollege Daniel sein Spielzeug-Plastikschwert abgeben musste, verstehe ich bis heute nicht.
Zwei quietschgelbe Wasserpistolen eines Kollegen durften ebenfalls nicht mit, da Waffenimitate verboten sind. Somit wurde heldenhaft eine mögliche Flugzeugentführung mit gelben Wasserpistolen verhindert.

Seit vielen Jahren versucht unsere Firma, dass die Towerlotsen auf einer sogenannten „Freeline" ein wesentlich vereinfachtes Kontrollverfahren mit weniger Wartezeit durchlaufen können; leider bisher erfolglos. Kurioserweise muss ich bei „Freeline" an meinen Besuch in Los Angeles denken. Die 8-spurigen Highways hatten ganz links meist auch eine „Freeline", die jedoch nur von Fahrzeugen mit mindestens zwei Personen befahren werden durfte. Autos mit nur einem Insassen wurden mit hohen Bußgeldern bestraft. In den ersten Monaten der „neuen Freeline" waren sämtliche Gummipuppen der Erotikshops vergriffen. Die aufblasbaren Figuren saßen in vielen Vehikeln bekleidet auf dem Beifahrersitz und täuschten die Verkehrüberwachungskameras.

Das Leben genießen
(Loss me jätt Spaß hann)

Nicht alle Menschen in unserem schönen Land sind auf der Sonnenseite geboren, dies ist mir besonders durch meiner Fluglotsen-Kur in Malente im Jahr 2010 bewusst geworden. Diese Kuranlage ist nämlich auch dadurch bekannt, dass die Deutsche Bahn hier ihre Lokführer zur Regeneration schickt. Der medizinische Leiter der Klinik erläuterte uns, dass sich in Deutschland täglich (!) im Durchschnitt sieben Personen in Selbstmordabsicht vor einen Zug werfen. Im Gespräch mit einigen Lokführern aller Altersgruppen erfuhr ich haarsträubende Geschichten. Ein 35jähriger Bahnlenker hatte schon sieben Selbstmörder miterlebt, jedoch besonders der letzte Suizid bereitete ihm viele schlaflose Nächte. Eine junge Frau hat sich mit ihrem Baby auf den Arm aus dem Leben verabschiedet. Ein 28jähriger Kerl erzählte mir, dass er zwischen Köln und Duisburg mit seinem Frachtzug seinen ersten Selbstmörder überfuhr. Als er von den Sanitätern beruhigt wurde und die Polizei ihn befragt hatte, sollte er auf Bitten seines Vorgesetzten seinen Konvoy doch noch die letzten 15 km zum Ziel fahren, denn es war kein Ersatz-Lokführer zur Stelle. Auf diesen letzten Kilometer erwischte er wieder einen Lebensmüden!
Ich habe wirklich keine Ahnung, ob ich jemals so verzweifelt sein könnte, dass ich meinem

Leben ein Ende setzen würde; ich kann es mir nicht vorstellen. Zudem finde ich es absolut rücksichtslos, durch den eigenen Todeswunsch seine Mitmenschen, die nun das schreckliche Szenario miterleben müssen, zu traumatisieren. Andere mir liebe Menschen erkrankten an schwere Krankheiten, konnten diese durch positive Lebenseinstellung gottlob meistern (Gono, Mareike, Willehad) oder verloren am Schluss doch noch den Kampf (Marion, Günther).
Als Kind hat mir der Spruch „Gesundheit ist das Wichtigste" nicht viel bedeutet. Dies hat sich schlagartig geändert!
Verlassen wir jedoch nun endlich das düstere Stimmungstief dieses Buches, welches ich nur deshalb explizit erwähnte, damit man meine Einstellung zum Leben verstehen kann.
Genießt die Zeit auf Erden, habt ruhig Spaß im Alltag, jedoch nie auf Kosten eurer Mitmenschen. Carpe Diem! *Es ene Ve`sooch wäät!*
Über die vielen Jahre hinweg habe ich viele Freundschaften geschlossen. Erzählt mir jemand von seinen 350 Facebook-Freunden, dann kann ich nur mein Bedauern äußern. Freunde sind für mich einfach Menschen in meinem Umfeld, die ich vielleicht nur einmal im Jahr sehe, aber über dieses Zusammentreffen freue ich mich dann auch richtig. Ein regelmäßiges Treffen ist oft einfach nicht möglich. Kümmert man sich um seine Familie

oder wohnt beruflich bedingt weiter entfernt, so bringt dies automatisch Probleme mit sich. Solange man kleine Kinder zu versorgen hat, geht man nicht auf jede Party oder verschwindet sofort, wenn die Kumpels rufen. Inzwischen sind meine Kinder erwachsen und längst selbstständig. Gerne werde ich zukünftig wieder mit Bergsch`se Richard das Pfarrfest unsicher machen, mit der lieben Familie Mewissen Wasserski laufen, Markus Achten und Familie in Spanien besuchen oder mit vielen anderen netten Menschen einfach nur schwofen. Viele alte Freunde aus Gymnasium-Zeiten traf ich auf unserer 18 jährigen Abiturfeier. Wir waren ein großer Abiturjahrgang mit über 170 Oberstufenschülern. Inzwischen gab es sogar eine 25- und eine 30-Jahr-Feier.
Mit einem „harten Kern" dieser Truppe gehen wir regelmäßig wandern (Schmitz der Sklaventreiber), zu Maifesten, Karnevalsveranstaltungen, einfach nur in Düren aus oder die Kölner Altstadt unsicher machen. Wir waren auf diversen Rockkonzerten, Funk-Partys und Weihnachtsmärkten. Alles ganz zwanglos, alles ganz locker. Die geschiedenen Mädels befrage ich pflichtbewusst regelmäßig nach dem aktuellen Beziehungsstand, doch Lissy, Sonja, Bettina und Mari Carmen werden immer von dem Hauch des Geheimnisvollen umweht und lassen mich nicht teilhaben. Gemein!

Natürlich versuche ich auch, unsere Großfamilie noch besser zusammenzuhalten. In meinem Bekannten- und Freundeskreis sind Geschwister oder Kinder mit ihren Eltern oft verkracht. Da wird nicht miteinander geredet und man stirbt letztendlich mit Groll im Herzen. Anders bei meinen Eltern, meinen Brüdern (mit Familie) und mir. Ich verstehe mich gottlob mit allen gut und gegenseitige Hilfestellung ist der Normalfall. Mit meinen Vettern und Cousinen aus Aachen und Bergisch Gladbach haben wir leider so gut wie keinen Kontakt. Damit meine Kinder jedoch mit meinen Neffen und Nichten ein gutes Verhältnis bewahren, versuche ich ein jährliches Vater-Kind-Wochenende aufrecht zu erhalten (Freunde der Kiddies und Mütter waren und sind natürlich auch eingeladen). Wir hatten schon ein paar lustige Tage in einem Holländischen Ferienresort verbracht und eine einsam gelegene Waldhütte in der Nähe von Soltau gemietet. Ein buntes und kurzweiliges Programmpaket aus Kino- und Schwimmbadbesuchen, Nachtwanderungen, Go-Kart-Rennen, Museumsbesuchen oder Shopping-Orgien wurden in dem jeweiligen Umland vollzogen. Wir kochten oder grillten meist selbst, wobei die Kinder plötzlich extrem engagiert und kreativ waren. Somit konnten wir Brüder unserer Aufsichtsfunktion sehr relaxt bei einem Bierchen nachkommen. Es wurden einige sehr interessante Experimente und Darbietungen vorgeführt. Laura zeigte ihren kleinen Cousinen komplexe Tanzchoreografien, die anschließend gemeinsam aufgeführt und auf Video festgehalten wurden. Tom hatte schon vor der Tour diverses leckeres Backwerk aus der Backstube für uns alle vorbereitet. In einer meiner Lieblingsserien (The Big Bang Theory) sah ich einmal, wie die Nerds eine flach liegende Bass-Box mit Klarsichtfolie überzogen hatten und auf dieser Folie ein Gemisch aus Speisestärke und Wasser zu den Beats tanzte. Wir bauten die Anordnung im Feriendomizil nach und lachten uns schlapp. In diesen Urlaubstagen gingen wir Joggen, liefen auf Inlineskatern und sorgten für ordentliche Kaminfeuer. Die Kinder werden langsam älter und ich werde mir für die nächsten Jahre noch einige spektakuläre Events einfallen lassen.

• • •
214

Deutsche Mundarten
(Schwaad no` de` Schnüss)

Schon immer habe ich gerne anhand der zu erkennenden Mundart gerätselt, aus welchem Bundesland unsere Mitmenschen kommen. Dass ein Hamburger auf andere Weise „einen schönen Tag" wünscht als ein Bayer oder Berliner dürfte jedem klar sein. Andererseits erkennt man jedoch wiederum auch bei mir sehr schnell, dass ich dem Kölner Großraum entstamme. Es gibt Mundarten, die ich subjektiv als sehr angenehm empfinde, andere wiederum gefallen mir weniger. Schalten Sie am Vorabend doch einfach durch unsere vielen TV-Kanäle, horchen in die Regionalprogramme rein und entscheiden selbst. Grausig finde ich zum Beispiel, wenn Hessisch „gebabbelt" wird. Bevor die Hessen mich nun steinigen, so möchte ich doch vorher erklären, woher dieses Trauma kommt. Da ich für meine zwei Luftfahrtberufe insgesamt drei Jahre meines Lebens an der Flugsicherungsakademie im tristen Langen bei Frankfurt lernen und wohnen musste, traf ich natürlich mit den ortsansässigen Ureinwohner zusammen. Damals wurde der Kantinenbetrieb von der Firma Zorn betrieben. Motto der Studenten war: *„Kommts von Hinten oder Vorn, wars die Firma Zorn!"* Bleiben wir fair: Das Essen war echt ok, nur eine extrem alte Küchenbedienung nervte furchtbar. Jeden zweiten Hungrigen mauzte sie an:

„*Moomendemal, haaben se aach ihr Määrkche dobei ... un nett uffmucke!?*" Obwohl man täglich drei Mahlzeiten holte und sich die Gesichter der Schüler inzwischen auf der Netzhaut dieser Hexe eingebrannt hatten, mussten trotzdem immer unsere Ausweise vorgezeigt werden. Mein alter Kumpel Markus Achten konnte dieses Walross extrem gut imitieren. Gemein wie wir waren, übten wir am Esstisch gerne laute Sprüche wie: „ *Alle Hesse sin Verbrecher, denn se klaue Aschebecher. Und klaue se kaa Aschebecher, sin se Seggsualverbrecher.*" Wir wurden jedoch nur so gemein, weil wir immer Licher-Pils *(„Wiiiider-Licher, was für aan Stöffche!")* trinken mussten. Eine Mundart, die ebenfalls nicht auf meiner Wellenlänge liegt, ist das Sächsische. Natürlich beschimpft der freundliche Sachse mich jetzt *("Rusch ma doch dän Buggel runda, geh dei Oma didschn!")* wahrscheinlich zu Recht aber ich gebe halt meine persönliche Meinung wieder. Tatsächlich war ich sogar ein Jahr lang mit einer hübschen, zehn Jahre jüngeren Sächsin zusammen. Jeannette hatte einen tollen Humor und sprach ein sehr sauberes Hochdeutsch. Sätze wie: „*Ey bims misch*", habe ich gottlob nie von ihr gehört.
Ob es im Dresdener Flughafen-Tower wirklich den berühmten 5-D-Anflug gibt *("Deirekt Denn Meils Feinäl Runweh DuDu in Dräsden!")*, wage ich zu bezweifeln.

Bleiben wir im wilden Osten. Wer sagt wohl: *"Ick jeb Dir Sauret! Deen Kopp uff `ne Briefmarke un de Post macht pleite!"*
Richtig, der Berliner. Sorry, aber auch hier bluten mir die Ohren.
Dann gibt es Regionen in Deutschland, da verstehe ich einfach nur noch die Hälfte. Wenn Kollege Eddie am Telefon „pälzisch" mit Familienangehörigen aus Kaiserslautern spricht, dann rührt sich in meinem zerebralen Cortex überhaupt nichts. Genauso geht es mir, wenn Kollege Ollie Werwie richtig ins Hunsrücker Platt verfällt.
Wesentlich sympathischer sind mir da schon unsere Sauerländer Lotsen. Wenn Jens Vieregge und Ollie Lindenau von „pöhlen" sprechen, dann weiß ich, dass es sich hier nur um „Geschlechtsverkehr vollziehen" handeln kann. An dieser Stelle würde wiederum Wachleiter-Idol Jan Gattermann erwähnen, dass man die Füße hoch heben soll, denn das Niveau ist am Boden.
Zurück zu meinen Lieblings-Mundart-Ohrenschmeichlern. Die Sprachvertreter aus dem hohen Norden gefallen mir schon sehr gut. Wir Lotsen dürfen in regelmäßigen Abständen den Luxus einer einmonatigen Regenerationskur als bezahlten Zusatzurlaub genießen. Da ich eine Affinität zum Meer habe, verbringe ich diese Kuren sehr gerne an der Nord- oder Ostsee. Schon nach kurzer Zeit hat man sich an das „Moin" und „Moin Moin"

gewöhnt. Das sind ganz klar komplette Sätze, mehr braucht man nicht. Sehr gerne höre ich auch die Baden Württemberger, die alles können, außer Hochdeutsch. Hier wiederum insbesondere die Schwaben. Diese Volksgruppe schwätzt laut Wikipedia in Teilen von Baden-Württemberg und Bayern. Ein eindeutig aus dieser Region stammender Pilot rollte mit seinem Airbus an einer sehr großen Dauerbaustelle am Kölner Flughafen entlang. Wochenlang haben viele Bagger hier ein sehr großes Areal neben dem Taxiway aufgebaggert. *„Ei wasch wird dann hier gemach?"* Meine prompte Antwort: „Hier hat ein Schwabe einen Euro verloren und sucht den jetzt!" Der war ganz schön sauer und versicherte mir, dass die Schwaben gar nicht so geizig sind wie man sagt. Dann wird es die berühmte schwäbische Tomatensuppe (roter Teller und heißes Wasser) wahrscheinlich doch nicht geben. Eine meiner Lieblingsmundarten ist das Fränkische. Ich war viele Jahre mit einer Oberfränkin zusammen, die jedoch nur hochdeutsch sprach. Sobald wir jedoch ihre Eltern, Ilse und Oswald, in Enchenreuth bei Kulmbach besuchten, erlebte ich die netten Franken hautnah. Von der ganzen Familie wurde ich immer sehr herzlich aufgenommen und feudal bewirtet. Hierfür noch einmal vielen lieben Dank. Ich lernte Ausdrücke wie *„der Radio"* oder *„des geht fei nett"*. Radar-Kollege Alex Nothaft oder der Schwiegersohn meiner geliebten Freundin Ulla, der liebe

Pascal, sind ebenfalls aus der fränkischen Region. Wenn sie versuchen einen alten Rheinländer wie mich zu ärgern, dann hagelt es Sprüche wie. „Man muss Gott für alles danken, auch für einen Franken" oder „Ein Bayer und ein Schwab die schissen in ein Grab und aus dem Gestanke entstand der Franke!". Ist wirklich nicht böse gemeint, ihr gebt mir ja auch immer Zunder!

Meeresrauschen
(De` ahle Keal un` et jruße Wasse`)

Nach über 25 Jahren Flugsicherungstätigkeiten erkennt ein erfahrener Fluglotse die feineren Nuancen in seiner Arbeitsweise im Gegensatz zur Arbeitsweise einiger Kollegen. Da gibt es Controller, die lieben es, wenn richtig viel und komplexer Flugverkehr herrscht, andere brauchen den Adrenalin-Kick (keine Sorge, Sicherheit geht immer vor!), wieder andere sind froh, wenn keine Sportflieger, Hubschrauber oder Ballonfahrer stören. Meine Arbeitsweise besteht aus einem Mix ehemaliger und noch aktiver Kollegen. Bei allen steht der Sicherheitsgedanke an oberster Stelle, jedoch wird dann ebenfalls ein buntes Gemisch aus Kundenservice, gesundem Menschenverstand, Wirtschaftlichkeitsdenken und, vor allen Dingen, Humor präsentiert. Dagegen sind Choleriker und ewige Nörgler für mich eher ein abschreckendes Beispiel; diese Gattung bildet jedoch die absolute Ausnahme im Kölner Tower. Fairerweise nenne ich nur zwei schon in der Übergangsversorgung befindliche Kollegen, die mich beruflich geprägt haben und natürlich zu den positiven Vorbildern gehören: Eberhard Ross und der ewig fröhliche Frank Schilke. Eberhard gehört zu der Gattung Mensch, bei denen der Tag ruhig 48 Stunden haben könnte und trotzdem käme keine Langeweile auf. Eigentlich war er immer mit seinem Land Rover

beschäftigt, der vor einigen Jahren auf Pflanzenöl-Antrieb umgebaut wurde. Ersatzteile aus England bekam Vollbartträger Ross stets von seinem Kumpel Mick. Im Tower musste ich mir immer anhören, dass mein Auto doch nur eine mit Elektronik vollgestopfte Luxusschüssel sei, die mich verweichlichen würde. Eberhard baute gerne (wie ich) an seinem neuen Haus und hatte eigentlich gar keine Zeit den lästigen Lotsenjob zu machen. Trotzdem arbeitete er absolut professionell und scherte sich manchmal nicht um veraltete unnötige Vorschriften, sondern sorgte für Sicherheit und Kundenorientierung in der Luftfahrt. Einmal wies ich ihn vorsichtig auf einen Slot (Abflugzeitfenster) hin, der erst in wenigen Minuten beginnen würde. Ross schleuderte mir ein *„Maaann Schmitz, bin ich etwa ein Trainee!"* um die Ohren und gab eine Startfreigabe. An einem anderen Tag sprangen zwei Sportfliegerziele auf dem Radarschirm unwirsch hin und her. Der damalige Junglotse Schmitz schien etwas verwundert und der alte Kollege Eberhard sprach mahnend zu mir: *„Schmitz, schau aus dem Fenster. Die beiden Flieger sind so weit auseinander, da könnte eine alte Frau eine Insel bevölkern. Das Radar spinnt!"*.
Frank Schilke war ein stets fröhlicher und singender Fluglotse, der ein immenses Wissen im Punkt Luftfahrzeugkunde aufwies. Mit diesem Wissen hätte er jede Quizshow zu diesem Thema abgeräumt. Gerne peinigte er

unsere Trainees mit Fragen wie: *„Hey Nasenbär, nenne mir fünf mehrmotorige Flugzeuge unter 7,5 Tonnen MPW mit Einziehfahrwerk und Druckkabine!"* Natürlich ist Frankie selbst Sportflieger, aber auch begeisterter Modellflugzeugbauer. Seine liebe Frau Petra(von ihm immer „duselige Kuh" genannt) gestattete ihrem Gatten, mehrere Kellerräume mit diesen Staubfängern zu beladen. In seiner Lotsenzeit rettete Frankie so manchem Piloten den Hintern und wusste stets genau, wann er „Check gear" oder „Pull up, go around!" sagen musste. Einmal stand sogar ein großer Champagnerkorb eines dankbaren Check-Kapitäns im Tower. Frankie hatte rechtzeitig verhindert, dass der extrem teure Jet des Spenders eine Bauchlandung mit eingezogenem Fahrwerk gemacht hätte.

Schaumteppich gibt es nicht mehr!

Aber lassen wir dies und kommen nun zu einer von Frankies Eigenarten. Obwohl der Bursche nicht schwimmen kann, entdeckte er sein Fable für Kreuzfahrten. Im Laufe der Jahre hat er sämtliche Weltmeere mit allen bekannten Kreuzfahrtunternehmen bereist. Er erzählte anschließend immer begeistert von seinen traumhaften Ozean- und Landgangerlebnissen, die vorher meist zu Schnäppchenpreisen gebucht wurden. Jetzt wurde auch ich neugierig und holte mir Insiderwissen von ihm. Urlaub „*am*" Meer hatte ich natürlich schon sehr oft, aber Urlaub „*auf*" dem Meer beschränkte sich bisher nur auf eine klasse Ijsselmeer Gruppentour, die von unserem Jugendheim in Gürzenich durchgeführt wurde. Damals waren wir 18 junge Kerle, die mit ihren beiden Ferienlagerbetreuern und dem holländischen Skipper (samt Hund Fimpie) auf einem alten Segel-Schoner von Hafen zu Hafen segelten. Meine Freunde und ich waren damals 16 Jahre alt, hatten nur Unsinn im Kopf, aßen in dieser Woche wie die Scheunendrescher (Seeluft macht hungrig und durstig) und besuchten abends im Anlegehafen so manche Kneipe oder Disco ... meist in Gummistiefeln.
Nun aber kreuzte ich mit meinen Kindern Tim und Laura auf der AIDA durch den Nord-Ostseekanal Richtung Dänemark, Schweden und die norwegischen Fjorde; einfach traumhaft. Einige Wochen später dampften Chiara und ihre Mama Sylvie mit mir auf einem COSTA-Schiff

von Warnemünde bis nach Sankt Petersburg. Die Tour war auch klasse, aber die extrem anstrengenden italienischen Touristen nervten mich. Einige Jahre später schipperte ich mit meiner damaligen Freundin Jeannette noch einmal auf einer AIDA im östlichen Mittelmeer. Frankies Enthusiasmus hatte mich angesteckt, jedoch hatte ich mich zudem in der Zwischenzeit auch entschieden, den ersten Segelschein in einem VHS-Kurs in Düren zu machen. Der Kursleiter war ein richtig alter Seebär, der in Aachen wohnte. Helle Krüger kam ursprünglich aus der DDR; ihm ist in seinen jungen Jahren mit einem Segelboot die abenteuerliche Flucht über die Ostsee gelungen. Der Unterricht „Sportboot-Führerschein Binnen" fand zweimal wöchentlich abends im Dürener Rurtal-Gymnasium statt. Schon nach kurzer Zeit schloss ich mich dem zweiten Kurs an diesen Abenden (Sportboot-Führerschein See) an, denn es war mir gleich, ob ich nun für 90 Minuten oder drei Stunden an diesen Tagen Konzentration aufbringen musste. Die aktive Segelschulung und auch der spätere Theorie- und Praxisprüfungstag wurden im belgischen Maaseik absolviert. Die Motorbootprüfung wurde in einem Massenprüfungsverfahren an zwei Tagen im Yachthafen der verbotenen Stadt durchgeführt. Hier begleitete ich meinen Kollegen Stefan Gillich, der zeitgleich auch seinen Schein machen wollte und dank Helle nun den

Prüfungszugang fand. Sofort machte ich zwei weitere offizielle Scheine an der VHS. Helle bot in seinen Lehrgängen nun den anspruchsvollen „Sportküsten-Schifferschein" und das „Beschränkt Gültige Funkbetriebszeugnis (UBI)" an. Letzteres war für einen Fluglotsen sehr leicht zu ergattern, da wir berufsbedingt das größte Luftfahrt-Sprechfunkzeugnis (AZF) und natürlich tägliche Sprechpraxis haben. Bei der See-Funkprüfung am sauerländischen Möhnesee wurden ca. 120 Prüflinge aus ganz NRW von den Prüfern erwartet. Während man auf den Prüfungsbeginn wartete, herrschte allgemeine Nervosität, nun ja, außer bei mir. Die große Gruppe wurde zum Prüfungsablauf belehrt und erste Freiwillige wurden gesucht. Gerne gehörte ich zu diesen ersten zehn Delinquenten. Meine Prüferin erkannte schnell meine souveräne Sprechfunkerfahrung, fragte nach meinem Beruf und schon war ich wieder entlassen. Viele Augenpaare sahen mich bei meiner Rückkehr zur Gruppe bedauernd an, denn die Mindest-Prüfungszeit war mit 15 Minuten angesetzt. Ich war nach fünf Minuten schon zurück und eine attraktive Dame Anfang vierzig versuchte mich zu trösten. Leider habe ich den Sachverhalt, dass ich bestanden hatte, zu früh aufgedeckt. Ich muss einfach mehr Demut walten lassen. Die Theorieprüfung zum Sportküsten-Schifferschein war, so fand ich zumindest, extrem schwer. Dies bestätigte mir schon vorher mein alter Bekannter Johannes

Gillet, seines Zeichens Berufspilot und Göttergatte meiner lieben Kollegin Iris. Auch Johannes musste für die ganzen Gezeiten- und Navigationsberechnungen hart lernen, obwohl er als Flugkapitän bestimmt besser mit den Zahlenkolonen umgehen kann als ich. Die Theorieprüfung in einer Kölner Segelschule habe ich dann halt knapp, aber letztendlich doch bestanden. Der anstehende praktische Testteil lag mir dann schon eher, denn „learning by doing" ist meine Passion.
Helle Krüger organisierte eine BAVARIA Segelyacht bei einem Verleiher auf Rügen. Es sollten insgesamt sechs Personen auf das Boot, jedoch waren die anderen vier Helle und mir nicht bekannt. Sie hatten einfach eine Woche Aktiv-Urlaub gebucht, wollten aber keinen Segelschein machen. Wildfremde Menschen zusammengewürfelt auf engstem Raum. Dies kann nur funktionieren, wenn man eine hohe Toleranzschwelle hat und eine Weile auf Komfort verzichten kann. Tatsächlich wurde viel gelacht, viel getrunken und die verschworene Gemeinschaft fieberte mit mir, dem einzigen Prüfling, der Scheinprüfung im Greifswalder-Bodden entgegen. Jeden Morgen gab es zum Frühstück einen kreislaufstimulierenden Prosecco aus der Büchse und ich fragte Helle, ob es noch besondere Tipps und Tricks gebe, die mir den Griff zum begehrten Schein erleichtern könnten. *„Du machst das schon Schmitzi, bist doch Fluglotse! Nerven behalten*

und nüchtern bleiben!", sagte er immer. Meine Seemannschaft übte mit mir sämtliche Rettungsmanöver, Knoten, An- und Ablegeprozeduren, sowie Handgriffe zur Bootsbedienung. Am Tag der Prüfung gesellte sich in Greifswald der angesetzte Prüfer zu uns und wollte mich unter Deck erst einmal unter vier Augen sprechen. Folgender Dialog entstand:
„Welchen Plan haben Sie denn heute?"
„Von Ihnen geprüft zu werden!"
„Ist schon klar und anschließend?"
„Wir segeln nach Stralsund und von dort nach Hiddensee!"
„Haben Sie gestern Abend nicht die Sturmwarnung in der Wettervorhersage gesehen?"
„Wir haben keinen Fernseher an Hafenmeister Bord! Aber der hat mir heute Morgen eine ganz andere Prognose genannt. Das gibt es doch nicht, den schnappe ich mir!"
„Beruhigen Sie sich, jetzt wissen Sie ja Bescheid und bleiben bestimmt hier!"
Natürlich hatte ich nie diesen armen Hafenmeister gesprochen, sondern nur eine schlagfertige Lösung aus diesem Dilemma gesucht. Man möge mir diese Notlüge verzeihen. Die Prüfung klappte sehr gut und abends gab ich meinen maritimen Genossen noch reichlich Bier aus. Segeln war ich in den letzten Jahren nur noch einmal mit Helle und

einer anderen Crew, aber zeitlich konnte ich diesem Hobby leider nicht nachkommen.

Sobald ich mit 55 Jahren im Fluglotsen-Vorruhestand bin, werde ich bestimmt Gleichgesinnte suchen und das Gelernte auffrischen. Vielleicht will Frankie auch mal aufs Segelboot, dann könnten seine „Duselige Kuh" und ich ihn ins Wasser werfen und das „Mensch-über Bord"-Manöver am Nichtschwimmer üben!

Tower Köln
(Dat Floochhaave Törmsche)

„Wer im Glashaus sitzt soll nicht mit Steinen werfen!"
Dieser wichtige Grundsatz gilt nicht nur für Gärtnermeister wie meine Papa, sondern auch für Towerlotsen. Der Eine arbeitet halt des Öfteren im Treibhaus, der andere ist von riesigen Glasscheiben umgeben.
Ich habe eigentlich nie mit Steinen geschmissen, sondern bin bis heute sehr gerne zur Arbeit gefahren.
Spaßeshalber habe ich mal grob einige Berechnungen angestellt. Nach 26 Arbeitsjahren (1994 bis 2020), wohlgemerkt nur im Kölner Tower, habe ich an knapp 6.760 Tagen im Schichtdienst gearbeitet, dabei 13.520 mal den Rhein überquert und ca. 878.800 Straßenkilometer zwischen Haustür und Arbeitsstelle zurückgelegt. Während dieser knapp 22 Weltumrundungen wurden unzählige Hörbücher, CDs und Radioprogramme gehört. Da unser Tower 13 Stockwerke hat, habe ich mindestens 175.760 Stockwerke befahren. Jetzt wird es jedoch zu schwachsinnig. Immerhin habe ich für fünf Niederleistungslassern, äääh Niederlassungsleitern gedient und diverse Wachleiter verschlissen. Wenn jemand knapp 25 Jahre im Kölner Tower regelmäßig zu den abwechslungsreichen Schichtdiensten antritt, dann reicht es alleine mit diesen Erlebnissen,

ein komplettes Buch zu füllen. Die Entwicklung der Technik hat uns im Laufe dieser Jahre viele Arbeitsschritte vereinfacht. Der Fluglotse arbeitet nicht mehr mit den kleinen Papierstreifen, sondern hat heute diverse interaktive Computersysteme, die ihn unterstützen (stripless control). In den achtziger Jahren erlebte ich noch häufig Funkausfall, heute sind die digitalen Systeme sehr zuverlässig und sollte wirklich einmal großes Schweigen auf der Funkwelle sein, so ruft mich der clevere Pilot mittels seines Handy im Tower an und bekommt dann seine Anweisungen. Da auch in diesem Fall der Dialog zwischen Pilot und Lotse aufgezeichnet wird, sind wir rechtlich auf der sicheren Seite. Auch dem cleversten Flugzeug-Kutscher ist es schon einmal passiert, dass er mit seinem Hintern auf dem Mikrofon saß, dadurch die Sendetaste permanent drückte und alle anderen Teilnehmer auf dieser Funkfrequenz dann dem Gespräch des Ungeschickten mit seinem Cockpit-Kollegen (zum Beispiel über das miserable Eheleben des Übeltäters) lauschen können. In einem solchen Fall einer ständig blockierten Funkfrequenz (stucked mike button) schicken die Nachbarsektoren alle anderen Piloten auf eine Tower-Ersatzfrequenz. Übel ist auch, wenn der Kapitän eine Borddurchsage an seine Passagiere macht, jedoch die Frequenz falsch gerastet hat. Alle hören mit, nur die Menschen in der Kabine bleiben ahnungslos. Natürlich

lasse ich den guten Mann zu Ende erzählen, frage dann noch einmal nach, ob seine genannte Außentemperatur am Zielort auch wirklich stimmt und überlasse ihn anschließend der Häme seiner Pilotenkollegen. Aber keine Sorge, wir haben durchweg einen sehr respektvollen Umgang mit der Kundschaft, den Verkehrsleitern, Einweisern usw. Der Pilot ist verpflichtet vor seinem Flug aktuelle Wetterdaten einzuholen. Meist wird eine spezielle Frequenz hierzu abgehört, auf der die halbstündig aktualisierten Informationen in einer Endlosschleife wiederholt werden (ATIS). Früher mussten wir unser Wetter jede halbe Stunde neu auf das Tonband aufsprechen, konnten hierbei auch schon mal, dank Daniel Hoette, einen schwäbischen oder indischen Akzent ein mixen. Nun wird dies alles von einer weiblichen Computerstimme erledigt, deren Wort-Sprachschatz auch einige Zusatzinformationen zulässt. Natürlich habe ich sofort „Kölle Alaaf" als Zusatz eingegeben, dies kann die blöde Cyber-Tante jedoch nicht sagen. Somit taugt dieses System nichts.
Viele Frequenz-Stimmen haben sich in den Jahren in den Ohrmuscheln der Tower-Crew eingebrannt, aber nicht jede dazu gehörige Person hat man schon einmal persönlich getroffen. Auch ich werde sehr oft mit *„Hey, Schmitzi"* freundlich begrüßt, habe manchmal zwar einen Namen des Grüßenden, aber weiß

oft nicht, wie die dazugehörige Person überhaupt aussieht.
Natürlich gibt es auch Schichtdienst-Phasen in denen weniger Verkehr abzuarbeiten ist und die Kollegen sich über weltbewegende Themen unterhalten:
„Stimmt es wirklich, dass Chips essen eine super Malariaphrophylaxe ist, denn seit ich Chips esse habe ich noch nie Malaria gehabt? Warum melden Rauchmelder durch ein nervtötendes Piepsen ihre fast leeren Batterien immer zwischen ein und vier Uhr morgens? Kann es sein, dass Kollege Markus Ellerich im Tower-Kühlschrank oft Lebensmittel hinterlässt, die geruchsmäßig, durch die Genfer Konventionen nach, als B- oder C-Waffen eingestuft werden müssen? Was macht ein Stummer, wenn er Tourette-Syndrom hat? Warum macht der Schmitz so ein langes Gesicht? Stimmt es, dass Wachleiter bei ihren DFS-Lehrgängen nicht nur eine Gehirnwäsche bekamen, sondern auch das Rückgrat entfernt wurde (Liebe Grüße an Mike und Jan, ist nur Spaß)?"
Die Chance, einen der knapp 2000 Fluglotsen der DFS in freier Wildbahn anzutreffen, ist bei einer 80 Millionen Bevölkerung eher gering. Vielleicht ist das nach diesen Diskussionsthemen auch gut so. Natürlich sind wir besonders am aktuellen Weltgeschehen, Technik, Sport und dem neuesten Tratsch interessiert. Gelästert wird grundsätzlich über

nicht anwesende Kollegen, ansonsten wäre es ja Mobbing. Auch die Radarlotsen (Holzfäller) der Nachbarsektoren bekommen von uns Towerlotsen (Herrgott-Schnitzer) ihr Fett weg. Wir Kölner Betriebsdienstler haben einen absolut tollen Arbeitsplatz. Unser Schichtsystem sieht vor, dass wir fünf Tage arbeiten und dann vier, bzw. drei Tage frei haben. Somit kommen wir erst gar nicht in einen regelmäßigen Rhythmus, da wir an den Arbeitstagen verschiedene Schichten fahren. Man fängt normalerweise mit einem Frühdienst an und endet mit dem Nachtdienst. Ich finde diese Abwechslung sehr angenehm, zumal wir nach zweieinhalb Stunden eine Pause machen müssen, ganz selten Überstunden haben und keine Arbeit mit nach Hause nehmen können *(Watt sull me och mett enem Floochzeusch doheem?)*. Wir erleben somit die schönsten Sonnenauf- und -untergänge (letzteres manchmal direkt hinter der Kölner Skyline), parallele Regenbögen oder aus Richtung Eifel heranziehende Sturmfronten, die unseren Arbeitstag krönen.
Diese tollen Naturphänomene werden grundsätzlich mit einem „*Dafür hannse Jeld!*" kommentiert.

An den Wochenenden der wärmeren Monate sehen wir regelmäßig Feuerwerke der umliegenden Städte. In der Silvesternacht präsentieren unsere Mitmenschen dann ein 360° Feuerwerkspektakel.
Für die meiste Abwechslung sorgt natürlich die Kundschaft, also Airliner und Piloten aus allen Teilen der Welt.
Köln-Bonn Airport hat eigentlich alles zu bieten, was das Lotsenherz erfreuen kann:

Urlaubsfliegerei, Militärluftfahrt, Sportpiloten und Frachtkapitäne im Einsatz. Geschäftsflieger gehören genauso zum Alltags-Traffic, wie Heißluftballone, Hubschrauber aller Art, Segelflug, Ultra-Light und sogar Modellflieger. Ja richtig gelesen; in unserem zuständigen Luftraum gibt es auch diverse Modellflugplätze, die ihren Flugbetrieb bei uns im Türmchen anmelden müssen, bevor die Fernbedienungen aktiviert werden.

Zu unserem Business gehört es natürlich auch, auf Notfallsituationen zu reagieren. Auch ich habe Piloten bei unsicheren Fahrwerksanzeigen, Rauch im Cockpit, Landungen mit Klappenproblemen, Laser-Attacken, gesprungenen Windschutzscheiben, usw. unterstützt. Natürlich nicht alleine, sondern immer mit Hilfe meiner Kollegen, der Feuerwehr, Einweisern, Notärzten und noch einigen Personen mehr. Auf solche Situationen kann man vorbereitet werden, andere Vorkommnisse mussten wir erst einmal als Neuland betrachten. Nur einmal habe ich einen G8-Gipfel in Köln erleben dürfen, dabei die Airforce One mit dem amerikanischen Präsidenten Bill Clinton landen lassen und zur Parkposition neben den Flugzeugen der anderen Staatsmänner geführt. Der berühmte Kölner Autor Frank Schätzing hat dieses politische Treffen spektakulär in seinem Thriller „Lautlos" eingearbeitet.

Ebenfalls nur einmal habe ich einen Papst landen lassen (bei beiden Groß-Events war ein enormes Sicherheitsprozedere, bei der sogar schon Tage vorher alle umliegenden Gully Deckel zugeschweißt wurden), nur einmal die europalähmende Vulkanaschewolke aus Island verarbeitet oder einen kompletten Stromausfall im Tower durchleben müssen. Einmal traf ich, zumindestens frequenzmäßig, mit dem damals reichsten Mann der Welt, dem Sultan von Brunei, zusammen. Seine Majestät saß persönlich am Steuer seines nagelneuen Airbus A340. Wir genehmigten ihm und seinen vier flankierenden Phantom-Jets einen tiefen Überflug über den Airport mit anschließender Landung. Nach der Landung richtete uns der Co-Pilot die besten Dankes-Grüße des Sultans an die Tower-Crew aus, denn der Low-Approach sei ein tolles Erlebnis für ihn gewesen. Einer Einladung in die Towerkanzel kam der Wohlbetuchte auf Anraten seiner Leibwächter und Anwälte leider nicht nach, aber der Rest der Cockpit-Crew, zwei professionelle Lufthansa-Kapitäne, freute sich sehr auf unseren guten Kaffee. Die beiden Berufspiloten waren für einige Monate und einer grandiosen Bezahlung wegen, ins Sultanat abgeordert worden. Während der Aufzugfahrt im Tower übergab mir einer der beiden seine Visitenkarte, die ich bitte nicht wegwerfen solle, denn die Schrift sei aus Blattgold. Natürlich habe ich das Prachtstück noch heute.

Viele Promis sind in den Jahren bei uns gestartet und gelandet. Einige haben auch selbst Pilotenscheine (z.B. Niki Lauda oder Stefan Raab) und funken angeregt mit uns. Häufig entstand bei unseren Einweisern ein zusätzlicher Arbeitseifer, sobald Promis nach der Landung unseren Flughafenbeton betraten. Natürlich zoomte auch die Tower-Crew eine der acht Schwenkkameras auf das Objekt der Neugier. Aus rein wissenschaftlichen Zwecken müssen wir zum Beispiel überprüfen, ob der

Knackarsch von Jennifer Lopez tatsächlich so hoch versichert sein sollte. Ich finde: Ja! Unzählige Ausweichlandungen aus aller Welt wurden, meist wetterbedingt, bei uns zwischengeparkt und die gestrandeten Besucher wundern sich amüsiert über die Kölner Terminalansagen, die von bekannten Kino-Synchronstimmen verlautbart werden. Man hört zum Beispiel die sonore James-Bond-Stimme (gesprochen von Frank Glaubrecht) sagen: „Willkommen in Bonn … Köln-Bonn!"

Ein Segelflugzeug landete, ohne jemals mit uns gefunkt zu haben, zwischen mehreren Baumaschinen auf einer gesperrten Piste und eine Flugzeugentführung in den 90er Jahren fand auch bei uns statt. Viele Jahre hat die NASA in Houston/Texas mit uns koordiniert, da die Flughäfen Köln und Barcelona die europäischen Ausweichflughäfen für die Space Shuttle Missionen waren.
Wir erlebten auch viele tragische Momente. Die Bundeswehr bahrte die zurückgebrachten Särge mit den gefallenen Soldaten aus Afghanistan im militärischen Teil auf. Manchmal erlitt ein Passagier einer Linienmaschine einen Herzinfarkt oder ähnliches. Ein kleines Kind geriet in eine Drehtür am Flughafen und verstarb. Es gab tödliche Unglücksfälle von Flughafenmitarbeitern, die wir nicht unbedingt persönlich kannten, an deren Schicksal wir jedoch Anteil nahmen. Nachdem sich ein Ballonführer zum Zwecke der Außenlandung auf einem Feld bei Godorf auf meiner Funkfrequenz verabschiedet hatte, beobachteten wir mit dem Fernglas ca. fünf Minuten später einen zuckenden Blitz. Der Ballon war in einen Hochspannungsmast geraten. Sofort alarmierte ich einen Rettungshubschrauber und schickte diesen zur Position der Havarie. Mehrere Gäste in der Gondel waren schwer verletzt, aber alle überlebten. Kollege Edgar Wallace (eigentlich heißt er John Richard Wallace, aber dies wusste sogar seine Lebensgefährtin Christine

anfänglich nicht) musste sich einmal sehr intensiv um einen Ballon über dem Rhein bei Rodenkirchen kümmern. Das Problem war, dass es absolut keinen Wind gab, egal in welche Höhe der Ballonführer aufstieg oder sank. Der Rhein ist hier 300 m breit und nach über einer Stunde wurden die Gondelgäste panisch. Edgar alarmierte sogar die Wasserschutzpolizei. Letztendlich landete der Ballon knapp aber sicher am Ufer.
Piloten und Flughafenmitarbeiter besuchen uns oft in der Towerkanzel. Im Gegenzug durfte auch ich diverse Streckenerfahrungsflüge in allen möglichen Luftfahrzeug-Cockpits miterleben. Meine persönlichen Favoriten bleiben die zahlreichen Hubschrauber- und Segelflugzeugmitflüge. Auch die Sportfliegerei in den motorisierten Kleinflugzeugen ist prima. Die Lotsenkollegen Bexten, Lindenau und Pfülb nahmen mich freundlicherweise mit und haben ihre Künste als Sportpiloten bewiesen.
Unzufrieden sind meine Kollegen und ich jedoch mit manchen Strategiezielen des Flughafenmanagements.
Obwohl Köln mit 1000 ha zu den größten Airports von Deutschland zählt und obwohl wir drei Start- und Landebahnen haben, von der die längste fast vier Kilometer misst und somit für jeden Flugzeugtyp mehr als ausreichend ist, begnügt sich die Flughafenleitung mit der aktuellen stagnierenden Verkehrssituation. Es wird logischerweise sehr viel Geld in das

nächtliche Frachtbusiness gesteckt, da Köln zu den wenigen 24-Stunden-Plätzen gehört (Frankfurt, München und Düsseldoof haben zum Beispiel Nachtflugverbot), aber ein ordentliches Langstreckenflugsystem ist anscheinend nicht in der Planung. Wir leben im bevölkerungsreichsten Bundesland und überlassen diese Sparte anderen Airports - sehr schwach!

Nun gut, unser nächtliches Frachtaufkommen ist für die Region schon sehr lukrativ und dabei – zumindest in der Vergangenheit, leider auch lärmintensiv. Die Piloten der Frachtmaschinen sind zwar fast immer nachts unterwegs, aber sie müssen keine Rücksicht auf die Bedürfnisse von Passagieren nehmen, denn es gibt keine Passagiere. *Fracht motzt nicht, Fracht kotzt nicht* ... so einfach ist das. Viele Luftfahrtenthusiasten würden sich die Finger danach lecken, morgens mit uns den *Outbound-Rush* (viele startende Flugzeuge) erleben zu dürfen. Hohe Funkfrequenzbelastung, *anmutiges Pushback-Ballett* (große Flugzeuge müssen parallel aus den Parkpositionen zurückgedrückt werden) und jede Menge Flugbewegungen von sehr großen Frachtmaschinen erschaffen ein imposantes Bild.

Wir nutzen sehr oft den Towersimulator an der Akademie oder durften in Hubschrauber- und Airbussimulatoren zu Gast sein, aber den Live-Traffic kann man nicht toppen. Bleiben wir kurz beim Thema Hubschrauber-Simulator. Südlich von unserem Flughafen liegt der Landeplatz Bonn-Hangelar, wo auch der Bundesgrenzschutz seine Hubschrauberpiloten aus- und weiterbildet. Kollege Charly Muth ist ein richtiger Hubschrauber-Fan und bei jedem Tower-Vorbeiflug eines Hubschraubers versucht er auf unserem Tower-Balkon zu stehen und grüßt die jeweiligen Piloten zackig auf militärischer Art. Für einen neuen Ausbildungssimulator in Hangelar musste die komplette Kölner und Bonner Umgebung für die Computer-Software digital abfotografiert werden. Als die Fotografen mit ihrem Hubschrauber auch nah an unserem Tower vorbeiflogen, stand Kollege Muth natürlich wieder in bekannter Gruß-Pose bereit. Tatsächlich wurde er hierdurch im Simulator Programm verewigt und jeder Aus- bzw. Fortzubildende des ADAC wundert sich bei seinem Computer-Übungsflug über diese Gestalt auf dem Kölner Tower.

Abschließend möchte ich auch noch unsere gute Tower-Putz-Fee Nayime erwähnend. Über viele Jahre beseitigt sie beinahe täglich die Schmutzspuren in der Towerkanzel. Wäre Nayime nicht, so müssten wir selbst unsere zahlreichen Monitore vom Staub und die Ablagen von Kaffeeflecken und Krümel befreien. Die Papierkörbe würden überquellen und unser sehr stark beanspruchter Teppichboden hätte wahrscheinlich noch immer die Hundescheisseflecken, die unser damaliger Wachleiter Wolle Löhr mit seinem Schuhwerk auf dem Towerboden unabsichtlich verteilt hatte. Jahrelang sollten wir Lotsen morgens zu einer bestimmten Uhrzeit eine Alarmprobe für die Feuerwehr durchführen. Grundsätzlich wurde diese jedoch vergessen, hätte Nayime uns nicht regelmäßig daran erinnert. Vielen Dank ... auch dafür!

WAA-Nachbarschaft
(Ratsch-jecke Uselle un` Halvjehange)

Die Kinder sind erwachsen, im Job läuft alles super, Hausumbauten sind erledigt, Segelscheine gemacht und nur in der Freizeit rumhängen ist nicht mein Ding. Regelmäßiges Joggen, Thrombozyten an der Kölner Uni-Klinik spenden oder Kreuzworträtsel lösen füllten mich nicht aus. Die Zeit vor dem Fernseher totschlagen oder übermäßig viel schlafen ist auch nicht meine Art. Ein sinnvolles Langzeit-Projekt musste her.
Das 1992 errichtete Eigenheim war trotz großer Scheidungsfolgekosten inzwischen abbezahlt und rekordniedrige Bauzinsen bekräftigten meinen Beschluss, ein neues Bauprojekt anzugehen. Mein Papa und ich können dabei viel handwerkeln und niemand hetzt uns, da es kein Zeitlimit gibt und ich mich nicht erneut verschulden will. Das Hobbyprojekt war schnell gefunden. Der Preis für das Grundstück war ok und die alte Ruine wollte ich sowieso abreißen. Papa war da ganz anderer Meinung und baute das alte Schrotthaus geistig schon in eine ansehnliche Mini-Villa um.
„Streite dich nie mit deinem alten Herrn!", war eines meiner erfolgreicheren Lebensmottos. Die langwierigen Sanierungsarbeiten würden hier eher langweilen. Die Hobby-Baustelle wird niemals mein Eigenheim ersetzen, sondern eher als Partyplatz oder Hobbyatelier genutzt

werden. Weitere Anbauten ans Nachbarhaus sind notariell vereinbart, falls meine Kinder sich dort später einmal selbstverwirklichen möchten. Im Gartenbereich steht eine finnische Grillkotta für Allwetter-Barbecues, zusätzliche Toiletten wurden erdbebensicher errichtet. Als wir vor vielen Jahren am Militärflughafen Pferdsfeld eine Phantom-Bomber-Staffel besuchten, entdeckte ich auf der Herrentoilette, dass alle Urinale mit Aufklebern einer verhassten Konkurrenz-Waffengattung beklebt waren. Tatsächlich pinkelte man auf Tornado-Aufkleber; eine schöne Idee, die ich an meiner Baustelle auch umsetze. In den zwei Urinalen kleben die Schriftzüge einer Landeshauptstadt am Rhein. In Kopfhöhe habe ich für die Wasserlasser noch ein hübsches Poster aufgehängt. Mehreren Mädchen aus meinem Bekanntenkreis habe ich für dieses Meisterwerk Utensilien, wie Schere, Lupe oder Zollstock in die Hand gedrückt und die entsprechende Gesichtsmimik beim Fotoshooting gefordert. Der Toilettengänger fühlt sich nun mehr als beobachtet. Genug von dieser Baumaßnahme. Sollte ich später krankheitsbedingte Erinnerungslücken erleben, so habe ich reichlich digitale Fotos der einzelnen Bauschritte gemacht.
Lieber möchte ich von einer unmittelbaren Nachbarschaft berichten. Links neben meinem Bastel-Grundstück war ebenfalls eine Immobilie samt 2000 m² Grund günstig zu verkaufen. Für

mich jedoch nicht interessant, da ich keine größere Geldsumme aufnehmen wollte. Diverse Kaufinteressenten besichtigten das Haus, das leider einige Schimmelstellen und Feuchtigkeit beherbergte. Der Kaufzuschlag ging an die WAA (Werkstatt für Aktionen und Alternativen). Wie sich die Gruppierung zusammensetzt und welche Geldgeber dahinter stehen, entnehmen Sie bitte der Internetseite, ich möchte hier eher meine Beobachtungen über die Bewohner und deren Alltag festhalten. Die Aktivisten der WAA sind alternativ lebende Menschen, die sich dem Umweltschutz verschrieben haben und in unserer Region meist mit der Besetzung und Rettungsidee des Hambacher Forstes medial auffallen. Man wollte nun in meinem Nachbarhaus eine Basisstation für geplante Aktionen, Weiterbildung der Aktivisten und natürlich auch Wohnraum für Demo-Teilnehmer aus aller Welt schaffen. Klingt gut und *Es ene Ve`sooch wäät!* Mein Papa und ich beobachteten ungewollt häufig das planlose bunte Treiben im Nebenhaus. Die erste Aktivistentruppe bestand aus ca. 15 jungen Menschen im Alter zwischen 18 und 27 Jahren. Eigentlich waren fast alle Vegetarier (ein schöner Kontrast zu meiner Grillhütte), starke Raucher, stets barfuß unterwegs (auch im Winter) und legten auf Äußerlichkeiten, wie Kleidung oder Frisur keinen Wert. Nur ein kleiner Teil der Gruppe versuchte ein tägliches Arbeitsziel zu koordinieren und scheiterte meist kläglich. Natürlich boten wir passendes Werkzeug an, aber wenn sich ein Aktivist durch den Lärm einer Handkreissäge gestört fühlte, musste der „Auserwählte für Feuerholzproduktion" auf eine Bügelsäge zurück greifen und hatte nach einer knappen schweißtreibenden Arbeitsstunde einfach keine Lust mehr.

Da alle Bewohner sich im Haus breit machten, kamen die Ausbauarbeiten in den ersten Monaten kaum voran. Also wurden im Garten zuerst viele Zelte aufgebaut und immer mehr Wohn- und Bauwagen zu einer ungeordneten Wagenburg vereint. Da die Truppe nachts immer „containern" ging (also abgelaufene Lebensmittel aus den Müll-Containern der Lebensmittelgeschäfte hamsterte), wurde bis nach Mittag ausgeschlafen. Erste Sonnentänzer

begannen dann mit Yoga-Bewegungen und Fruchtbarkeitstänzen den Tag, während andere stumpfsinnig und meist talentlos auf einem Bongo rumtrommelten. Dann erst mal einen Muckefuck-Kaffee trinken, der halb aus Pulver und halb aus heißem Wasser bestand. Einige Rasta-Typen wollten Papa und mir auch eine Freude machen und boten uns gerne abgelaufene Puddingbecher oder dieses Kaffee-Würge-Gebräu an. Süßlicher Rauch haftete den leicht bekifften Burschen noch an und amüsierte mich. Anstatt während der warmen Monate Holz für die Öfen zu stapeln und den Innenausbau voran zu treiben, legte und liebte man sich lieber im Sonnenschein. Einige der Mädels waren, trotz ihres Altkleider-Outfits, sehr hübsch und freie Liebe gab es nicht nur in der Hippie-Zeit, sondern wurde auch hier praktiziert. Mein Vater stand manchmal kopfschüttelnd vor diesem Szenario und meinte: *„Nee, wat es dat für ä fuhl Pack!"*.
Natürlich waren einige junge Leute weiterhin engagiert und voller Ideen und fairerweise muss man sagen, dass zwischenzeitig das Wohnpersonal wechselte. Immer wieder sahen wir morgens Aktivisten mit einem vollbepackten Rucksack und einem klapprigen Fahrrad den Stützpunkt verlassen, damit an einer deutschlandweiten Aktion teilgenommen werden konnte oder ganz einfach, weil das eigene Studium oder der Beruf lockte. Wie Zimmermannsgesellen auf der Walz sah man

dann die Gestalten am Horizont verschwinden. Einmal versammelte sich ein Trupp von zehn Personen mit ihren Fahrrädern vor mir und man fragte höflich nach dem Weg Richtung Pier. Pier ist zu diesem Zeitpunkt schon ein verlassenes Geisterdorf und wartet auf die Ankunft der Schaufelradbagger. Die Gruppe hatte beim neuen Eigentümer, der Rheinbraun AG, nachgefragt, ob in Pier alte Thermofenster ausgebaut werden dürften. Ungläubig wies ich darauf hin, dass Rheinbraun doch der Erzfeind der WAA ist, dies interessierte jedoch niemanden. Tatsächlich kamen die Radler gegen Abend mit ihrer Fensterbeute zurück in ihre Festung. In den nächsten Tagen wurden auch einige Fenster ausgetauscht, jedoch ein Fenster im ersten Stock zur Straßenseite wurde nur ausgebaut und nicht ersetzt. Ein ganzes Jahr war diese große Maueröffnung an der Wetterseite allen Niederschlägen ausgesetzt. So bekommt man die Feuchtigkeit nicht aus dem Gebäude. Ein morgendliches Hustkonzert wurde durch selbstgedrehte Kippen gemildert. Das WAA-Anwesen vermüllte immer mehr, da keiner die Verantwortung übernehmen konnte oder wollte. Am 24.12. fuhr einer der Dauerbewohner über den Feldweg von hinten mit seinem Wohnmobil auf das vermatschte Grundstück. Logischerweise saugten sich die Reifen sofort in den durchnässten Boden und steckten fest. Ich beobachtete zehn Barfüßige, die lange Zeit diskutierten, wie man das Gefährt befreien könne. Alle dreißig Zentimeter pflügte das gerade befreite Wohnmobil in den Untergrund. Die Aktivisten waren nicht dumm, aber einfach unorganisiert und uneinig. Da ich es aufgegeben hatte, meine Hilfe aufzuzwingen, nahm ich einen sehr freundlichen Waldschrat zur Seite und zeigte ihm meine sortierten Bohlen und Schaltafeln, wünschte ein frohes Weihnachtsfest und verließ meine Baustelle. Anscheinend hatte mein Ideen-Anstoß gefruchtet, denn am nächsten Tag war der Garten an dieser Stelle wohnmobilfrei.

Das Frühjahr kam und die WAA lud zur Einweihungsparty ein. Meine Erwartung an diese Party war nicht allzu groß, da ich auf der Internetseite der Party-Hengste die üblichen Einladungen zu Diskussionsrunden oder Wanderungen durch den Hambacher Forst kannte: *"Am nächsten Samstag laden wir Euch alle zu einer informativen Wanderung mit leckeren Keksen, duftendem Kuchen und Früchtetee ein. Wir treffen uns ab 14 Uhr. Gesucht werden Sponsoren, die Kekse, Kuchen und Tee mitbringen!"* Zwei Freundinnen und ich brachten zur Einweihung Brot, Salz und eine Kiste Kölsch mit. Gelangweilt saßen im gesamten Haus die Aktivisten und ca. fünfzig gleichgesinnte Gäste herum. Zwei wildfremde hungrige Gestalten entrissen uns das Brot und verschwanden in der dunklen Küchenecke. Niemand begrüßte uns, jedem war egal, wer hier so rumschwirrte. Also übernahm ich kurz das Kommando und fragte, wo denn das Bier hin soll. Wir sollten es in den Keller zu den anderen Flaschen stellen. In einem Kellerraum standen, ungelogen, um die 500 Flaschen Bier aus allen möglichen europäischen Ländern. Seltsamerweise trank von diesem Vegetarier-Haufen niemand Alkohol. Meine Begleiterinnen waren von den vorhandenen schmutzigen Gläsern so angeekelt, dass sie doch lieber aus der Flasche trinken wollten. Jetzt reichte es mir. Mit zwei Kisten Bier bewaffnet zwängte ich mich durch die Vogelscheuchen-Ansammlung, drückte jedem eine Hopfenkaltschale in die Hand und befahl mit Nachdruck den verwunderten Gestalten, sich doch mal locker zu machen. Verängstigt tranken die meisten dann den leckeren Gerstensaft. Nun gesellten wir uns zu einer Truppe, die knapp 50 Meter weiter hinten im Garten lungerte. Ein Beamer projizierte Bilder auf ein schlecht gespanntes Bettlaken und vier junge schottische Aktivistinnen, die per Anhalter ins schöne Gürzenich kamen, schilderten von ihrer romantischen Ankettung an schottische Hochmoor-Schaufelradbagger. Perfekt wurde von einer WAA-Bewohnerin der restlichen Gruppe gedolmetscht. Der Beamer wurde durch ca. 15 jeweils drei Meter lange Mehrfachstecker mit Strom versorgt. Die Steckerkette lag wunderbar im tiefen feuchten Gras verborgen, durch das dunkle Gestalten Richtung nächster Lichtquelle irrten. Sofort spürte ich den

imaginären mahnenden Blick meines Feuerwehrmann-Bruders Volker bohrend in mich eindringen. Auf meiner Baustelle krallte ich mir meine 50 Meter Kabeltrommel und wechselte ohne Kommentar umgehend die Stromtrasse aus. Wahrscheinlich hat das alte Wohnhaus keine ordentlich FI-Sicherung und wenn einer dieser naturverbundenen Hobbits einen ordentlichen Stromschlag erhält, soll ich ihn noch wiederbeleben...nein danke.
Das Einweihungswochenende dauerte noch zwei Tage an. Am nächsten Tag war eine Journalistin der Aachener Nachrichten samt Fotograf vor Ort und stellte ihre Fragen an diverse Aktivisten. Einige Meter entfernt unterhielt ich mich mit Frank, einem langmähnigen, sehr netten Schreinergesellen aus Frankfurt über seinen kurzen Aufenthalt bei der WAA. Plötzlich meinte Frank: „Oooh nein... Udo verschwindet hinterm Zelt!" Verwundert fragte ich nach dem Kern des Problems. „Udo steht mit den Medien auf Kriegsfuß. Gleich wird er nackt erscheinen und dadurch seinen Protest kundtun!" Zwei Minuten später tanzte Udo dann pudelnackt und mit wehender Fahne um das Reporter-Team. Lachend hielt ich mir den Bauch und ärgerte mich, dass mein Foto-Handy daheim war. Leider blieb im Zeitungsbericht am nächsten Tag diese skurrile Szene unerwähnt. Wochen später schien eine Art Fortbildung zu laufen. Knapp 25 Aktivisten liefen den ganzen Tag eingespannt im professionellen

Klettergeschirr aufgescheucht durch den Garten. Zwei Typen mit Reinhold-Messner-Look waren anscheinend die Instruktoren und überprüften immer wieder den Sitz des Geschirrs an den Schützlingen und verteilten gute Ratschläge. Während meiner Gartenarbeit konnte ich Abseilaktionen an diversen Obstbäumen und an einem alten Schornstein auf dem Hauptgebäude beobachten. Später informierte ich zwei sehr nette WAA Bewohnerinnen, Romina und Sonne, über meine Befürchtung, dass die rissige Grundsubstanz des Schornsteins dem Gewicht eines Kletterers nicht allzu lange widerstehen könne. Lächelnd nahm man meinen Rat hin, ignorierte ihn aber eigentlich. Der Kamin hatte gehalten und tatsächlich muss ich mir um die jungen Leute nicht zu viele Sorgen machen, denn im Ernstfall seilen sie sich an Kühltürmen oder Schaufelradbaggern ab; die sind wesentlich stabiler! Im Grunde finde ich die Umweltaktionen sehr positiv, denn wenn man großen Industriekonglomeraten stets freie Hand lassen würde, sähe es mit unserer Umwelt garantiert schlimmer aus. Somit vielen Dank an die vielen fleißigen Aktivisten. Manchmal schießen die Damen und Herren jedoch weit über das Ziel hinaus. Nicht jeder bleibt friedlich beim Aufeinandertreffen mit unserer staatlichen Exekutive. Bundesweit wurde auf allen Nachrichtensendern über einen der Waldbesetzer im Hambacher Forst berichtet,

der sich in einem sechs Meter tiefen Loch an einem Betonklotz angekettet hatte. Bei der Räumungsaktion wurden Polizisten und Arbeiter, die sich seitlich an diesen Tunnel an gruben extrem gefährdet, da stets Einsturzgefahr bestand.
Im Juli 2013 gestanden die WAA auf ihrer Internetseite ihr Versagen in Bezug auf ihr Ziel (Zitat) gängiges Privateigentum einer kollektiven Nutzung und Verwaltung von Ressourcen entgegenzustellen, in der es allen Menschen frei steht, sich daran zu beteiligen und durch direkte Absprachen, statt festen Regeln, den Rahmen dafür abzuklären.
Wor ene Ve`sooch wäät, hätt ävve nitt jeklappt!
Nach einigen Wochen erschienen dann neue frisch motivierte junge Weltverbesserer. Einige Zeit lang arbeitete man sehr fleißig und diesmal wurde mein Werkzeug sehr gerne angenommen. Mülltonnen sind angeschafft worden und an Sperrmüllterminen sind Berge von Unrat in dem orange Müllwagen verschwunden. Ein bisschen erinnert mich dies an meine alten Asterix-Comics. Immer wenn frische Römer im Lager Kleinbonum ankamen, waren sie voller Tatendrang. Sobald es jedoch vom Alltag (den Galliern) „auf die Fresse" gab, tat man nur noch das Nötigste. Ich wünsche Euch viel Kraft und Ehrgeiz, ihr Lieben!

Sammelsurium
(Ald wedde Krom un` Kwatsch)

Je länger ich an diesen Kurzgeschichten und Anekdoten aus meinem Leben schreibe, desto mehr verborgene und fast vergessene Erinnerungen treten zu Tage. Diese Erinnerungen müssen nicht unbedingt lustig sein, aber sie prägten doch mein Bewusstsein. Damit mir jene Leckerbissen nicht wieder entgleiten, habe ich beschlossen aus diesem Kapitel einen Schmelztiegel ungeordneter Erlebnisse zu formen. Das darf ich als Autor, denn wie schon im Prolog erläutert möchte ich mich besonders lange daran erfreuen können. Sollte auch etwas Amüsantes für Sie dabei sein; wunderbar.

Als kleiner Rotzlümmel hatte ich es irgendwie geschafft ein blaues Auge zu bekommen. Ob dies beim Spielen passiert ist, ich gegen einen Türrahmen gelaufen war oder ich mich mit anderen Kindern gekloppt hatte; ich weiß nicht mehr, woher dieses blau-lila Veilchen um mein zugeschwollenes Auge stammte. Ganz gewiss weiß ich jedoch, dass ich richtig hässlich aussah (Lasst es, liebe Kollegen, heute sehe ich toll aus!). Meine Mama unterhielt sich vor unserem Haus mit Schuhmacher`se Anita, die einen Kinderwagen schob, in dem ihre neugeborene zweite Tochter lag. Ich hörte das Baby fröhlich lachen und schaute neugierig in den

Kinderwagen hinein. Das Baby sah in mein Gesicht und fing augenblicklich an zu heulen. Schockiert verzog ich mich auf mein Zimmer und bedauerte mich selbst. Das Baby war übrigens Franka, die jetzige Ehefrau meines Bruders Winni.

Mein alter Jugendfreund Löhrer`se Georg und ich wollten im zarten Alter von 13 Jahren schicke Weihnachtsgeschenke für die Verwandtschaft in Form von selbstgegossenen Kerzen basteln. Alte Schnapsflaschen und Parfümflacons bildeten die Form und auf dem Friedhof zusammengesammelte Restkerzen das Material für die neuen Leuchtkörper. Wir schmolzen die alten Wachsreste in einem Topf ein und gossen die zähe Flüssigkeit in die Formen. Leider rutschte Georg mit dem Topf ab und goss den Inhalt über seinen Bauch. Ganz schön heiß und als Abdruck leider nicht zu gebrauchen! Dagegen war es mir ganz schön kalt, als ich mal wieder beim Eishockeyspiel auf den geliebten Weiern im Schillingspark im Eis einkrachte. Ich war völlig durchnässt und Georg chauffierte mich auf seinem Hercules Mofa zu meinem Elternhaus. Innerhalb weniger Minuten sorgte der Fahrtwind für einen hartnäckigen Eispanzer auf meiner Kleidung. Während bei großen Flugzeugen diese zusätzliche Eislast (severe icing) durch chemische Mittel oder technische Hilfsmittel entfernt werden kann (de-icing oder anti-icing), so wurde ich von meiner

Mama gnadenlos in kompletter Kleidung unter die heiße Dusche gestellt.

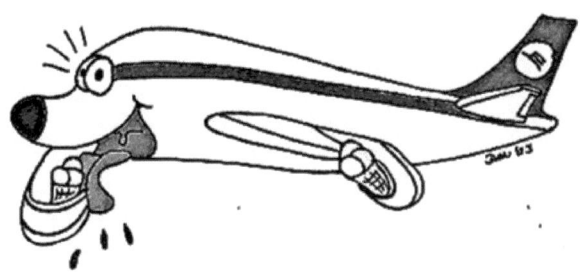

SEVERE ICING

DE-ICING

Zu dieser Zeit war mein schon genannter Onkel Esser`se Peter-Paul der neue Schützenkönig von Gürzenich. Natürlich feierten die St. Hubertus Schützenbruderschaft zu Ehren des neuen Königspaares einen großen Königsball auf dem Schützenplatz und natürlich würde das Königspaar samt 200 festlich gekleideten Personen im Gefolge mit Marschmusikbegleitung ins Festzelt einmarschieren. Logischerweise gehörten meine Eltern auch zu den eingeladenen Gästen. Einige Stunden vor dem Fest putzte meine Mama in ihrem weißen Kittel die Treppe vor der Haustür. Plötzlich stand die uns ebenfalls schon bekannte alte Filz`se Marie hinter meiner Mutter und sprach sie stockschwingend an: *„Hässe och ä neu Kleed für hück Ovend em Zoch?"*
Mama antwortete: *„Ävver sicher, Frau Filz, ä schöön Kleedche!"*
Prompt lästerte Marie weiter über den Schreinermeister, der viele Einsargungen macht: *„Joot su. Do hätt d`r Duudegrääver och ens en schöön Prozession!"*

Unsere Freundin Jansen`se Monika lud zu ihrer Geburtstagsparty ein. Wir fragten, ob sie den einen bestimmten Geschenkwunsch hätte. Ihre Antwort: „Egal, Hauptsache ein großes Geschenk!"
Natürlich erfüllten wir ihren Wunsch und sie konnte einen richtig großen Sack Torf

auspacken. Komischer Weise wurden wir nie wieder eingeladen.

Bei einer anderen Party, diesmal in meinem Elternhaus, haben wir unserem alkoholisierten Freund Magatsch`se Thomas die Fußnägel lackiert. Auf solche dummen Ideen kommt man normalerweise vielleicht bei Sauerstoffmangel in großen Höhen, aber Gürzenich liegt nur 131 m über dem Meeresspiegel. War dann doch der Alkohol.

Ebenfalls vor langer Zeit, in den 80ern, spielte sich folgende Küchenszene ab: Kumpel Birekoven`se Markus hatte mir neue Funk-LPs vorgespielt und nun bereiteten wir hungrig einige Portionen „Strammer Max" zu. Ich schlug Eier in die Pfanne und Markus schnitt die Brotscheiben ab. Er erzählte mir irgendetwas, kratzte sich am Kopf und holte den Schinken aus dem Kühlschrank. Entsetzt sah ich ihn an, denn ein Rinnsal Blut ergoss sich von seiner linken Schläfe. Als er sich am Kopf gekratzt hatte, behielt er wohl das scharfe Brotmesser in der Hand und schnitt sich dabei unbewusst an der Kopfseite. Gemerkt hatte er nichts davon.

Eine ältere Dame aus meinem näheren Bekanntenkreis, deren Name ich hier nicht nenne, weil es ihr peinlich ist, fuhr mit ihrem Auto in einer 30er-Zone in Gürzenich. Obwohl sie sich ihrer Meinung nach tempomäßig korrekt fortbewegte, blitzte plötzlich ein rotes Licht auf. Unsicher, ob denn dies gerade wohl eine Radarfalle der zivilen Polizei gewesen sein konnte, fuhr sie noch einmal um den Block, um Gewissheit zu erlangen. Dabei wurde sie an der gleichen Radarfalle noch einmal geblitzt.

Ein ebenfalls hier ungenannter Freund war in seinen Sturm-und-Drang-Zeiten (also sehr lange vor dem Treffen mit seiner heutigen Lebensabschnittsgefährtin) mit seinen testosterongesteuerten Vereinskameraden eine Woche lang auf Mallorca. Alle attraktiven Damen wurden innerhalb der Ballermann-Partymeile angebaggert. Die jungen Sportler wollten sich ausprobieren, machten sich dem willigen Weibsvolk gefügig, führten Strichlisten über gewisse Aktivitäten und der Kondomverbrauch stieg enorm. Der Abreisetag war gekommen, die Hotelzimmerschlüssel wieder abgegeben, jedoch sollte der Rückflug erst in vielen Stunden sein. Da unser Held diese Zeit für ein kleines Abschieds-Tätatä,mit seiner vor kurzem eroberten Bettgespielin aus unserem französischen Nachbarland nutzen wollte, schickte er seine Kumpels schon einmal zum Airport, damit diese dort das komplette (also auch sein) Gepäck aufgeben konnten. Die leidenschaftliche Französin empfing unseren Protagonisten und aufgrund fehlender Zeit verzichtete man auf vollständige Entkleidung. Heftige non-verbale Aktivitäten im

Lendenbereich waren die Folge, ich erspare uns hier die pikanten Details. Als mein Freund seine weiße Hose wieder hochzog, war diese an sehr vielen Stellen ordentlich blutrot. Sehr erstaunt sah die naive Französin das Malheurchen an, schaute verwundert in ihren Taschenkalender, überlegte kurz und sagte dann den bedeutungsschwangeren Satz: „Oups!".
Aufgrund fehlender Ersatzkleidung wurde die ehemals weiße Hose mit Seife bearbeitet, behielt jedoch weiterhin eine schöne hellrote Farbe. Die wartenden Freunde am Flughafen glaubten die Ausrede mit der vergossenen Spaghetti-Soße natürlich nicht, die Mama daheim jedoch schon.

Natürlich gibt es auch sehr viele Erlebnisse mit meinen Kindern, von denen ich exemplarisch nur Folgende aufführe:
Der dreijährige Tim erkundete liebend gern im Watschelgang unser Haus. Schon früh begeisterten ihn alle erreichbaren technischen und mechanischen Gerätschaften. Mal fütterte er den Videorekorder mit vollgespeichelten Keksen, mal löschte er unbewusst den Anrufbeantworter. Als ich durch die Wohnzimmer-Schiebetür in den Garten ging, hatte er einen Heidenspaß daran, den elektrischen Rollladen runter zu lassen und mich auszusperren. Zweimal konnte ich dies durch schnelles Spurten verhindern und schimpfte mit dem Zwerg, der mich erstaunt mit

seinen braunen Rehaugen anschaute. Einmal war er jedoch schneller, lachte laut und riss dabei noch genüsslich kleinere Tapetenstreifen um den Gurt herum ab. In der Weihnachtszeit beobachtete ich, wie Zwerg Nase seelenruhig die kleine Jesuskind-Figur aus der Krippe nahm und in den Umluft-Backofen legte. Auf Nachfragte erklärte er uns, dass dem halbnackten Kindlein doch kalt sein müsste und er es bei 220 Grad aufwärmen wollte.

Sonnenscheinchen Laura war dagegen eher etwas ruhiger, da sie nun vom großen Bruder Tim ja auch stets beaufsichtigt wurde. Einmal nervte die Kleine jedoch extrem, wahrscheinlich weil sie Zähnchen bekam. Jede Nacht musste sie in den Schlaf begleitet werden, damit ihr ständiges Geheule aufhörte. Irgendwann hatte ich das gesamte Repertoire unserer Jugendchorlieder durch (sie mochte es immer gern, wenn ich ihr etwas vorsang, besonders „Ins Wasser fällt ein Stein"), sämtliche altersgerechte Kinderbücher vorgelesen und sie stundenlang im Arm gehalten. Verzweifelt las ich ihr auch einmal die Doppelseite des frisch erhaltenen Lohnsteuerjahresausgleiches vor. Sie schlief ein wie ein Engel und lächelte dabei. Ein besonderer Dank an das Finanzamt.

Chiara hatte sich immer ein Haustier gewünscht, aber ich blieb beharrlich dagegen. Ich wollte kein Viehzeug als Mitbewohner haben, solange nicht klar war, dass die Kleine sich auch um das Tier kümmert. Ein „Leih-Hund", der nur einmal am Tag Gassi geführt wurde, stellte für die 9jährige Chiara keine Herausforderung dar, aber wie sieht es mit einer Ganztagspflege aus? Probehalber schafften wir uns zwei extrem langweilige Meerschweinchen an, deren großer Käfig eine Menge Wohnfläche beanspruchte. Die Viecher konnten eigentlich nur fressen und kacken. Der verdreckte Käfig musste täglich gereinigt werden, eine Arbeit, die schnell an Chiaras Mama hängen blieb. An einem sonnigen Tag führte Chiara den Käfig samt Bewohner zu einem kleinen Spaziergang mit dem Bollerwagen aus. Am Gürzenicher Bach wurde dann erst einmal die Schwimmfähigkeit der verängstigten Tierchen ausprobiert. Deren maritimer Gattungsname hielt jedoch nicht was Chiara vermutete. Mama Sylvia eilte herbei und konnte die Fellträger noch vor dem Ertrinkungstod retten. Sylvia schimpfte so laut mit Chiara, dass diese jämmerlich zu weinen begann und die kleinen Meerschweinchen ein Knalltrauma erlitten. Daheim übertrieb Sylvia dann ihre Tierliebe und föhnte die verängstigten Tierchen mit unserem 1500 Watt Föhn auf höchster Stufe. Alleine dieses Windkanalerlebnis hätte den Tierschutzverein bei uns sturmläuten lassen. Gottlob konnten wir die kleinen Wollknäuel bald an eine nette Familie weitergeben.

Da wir gerade bei Haustier-Anekdötchen angekommen sind: Bruder Winni, seine damalige erste Frau und die kleine Tochter Ann-Sophie verreisten für zwei Wochen in den Urlaub und vertrauten uns ihren Wellensittich an. Am nächsten Morgen beobachteten wir beim Frühstück, wie der putzige Bursche von seiner Stange rutschte und reglos auf dem Käfigboden liegen blieb. Vorsichtig nahm ich das arme Tier in die Hand, spürte noch einige Male sein Herzchen schlagen, bevor es verstarb. Tage lang suchten wir verzweifelt nach einer Lösung, diese dramatische Situation schonend an meine Schwägerin und Nichte nach ihrem Urlaub weiterzuleiten. Sollten wir einen neuen Wellensittich kaufen oder die Todesnachricht nun schon weiterleiten und den Urlaubern dadurch ihre Erholung vermiesen? Wir warteten die knapp 14 Tage ab und gestanden den Rückkehrern anschließend den Todesfall und die Beerdigung des kleinen Piepmatzes. Winni meinte nur lapidar: *„Jooh, do hott me eijentlisch schon mett jerechnet. D`r Vuhl wor jo schon alt!"* Danke lieber Bruder.

Ein heutiger Germanwings-Kapitän hatte in seinen Jugendtagen ebenfalls diverse Kleintiere, deren eher langweiliges Alltagsleben durch reichliche Action-Einlagen versüßt werden sollte. Leider überlebten einige Haustierchen diese Aktionen nicht. Ein Hamster durfte in einem umgebauten Spielzeugrennwagen seine

Runden auf der Carrera-Bahn drehen. Da die Schienen jedoch in Form einer acht zusammengebaut waren, endete die rasante Fahrt für das herumzappelnde Fellknäuel tödlich am Brückenpfeiler. Sein Hamsterkollege wurde in einem umgebauten Modellflugzeug in die Luft befördert. Per Fernsteuerung wurde dann eine Falltür geöffnet und das normalerweise erdverbundene Tier sollte an einem kleinen Fallschirm sanft zum Boden gleiten. Die kleinen Leinen des Fallschirmes hatten sich jedoch verheddert, der Schirm öffnete sich nicht und der kleine Nager zerschellte am Boden. Der hier genannte naive pubertierende Jugendliche hätte tatsächlich niemals eigene Haustiere haben dürfen. Seinen fast toten Wellensittich wollte er vom Tierarzt nicht einschläfern lassen, da er die nötigen Kosten der Behandlung nicht aufbringen konnte. Er wollte das Vögelchen daheim mit seinem Kleinkaliber-Gewehr von den Qualen erlösen. Diesen Plan konnte er jedoch nicht sofort in die Tat umsetzen, da die traurigen Augen des Federviehs ihn fast zum Weinen brachten. Also bastelte er eine kleine Augenbinde für den Todeskandidaten und beförderte den Piepmatz dann in den Vogelhimmel.

Die Kinder wurden immer erwachsener und schon früh habe ich ihnen meine Einstellung zum Thema Rauchen, Tattoos und Piercings aufgezwungen. Natürlich dürfen sie sich ab einem bestimmten Alter ihren Körper *verschangeliere* wie sie möchten, aber die Konsequenzen ihrer Handlung müssen dann auch selbst getragen werden. Modeerscheinungen wie Brandings oder das Bleechen bestimmter Körperöffnungen waren gottlob nie ein Thema. Zum Thema Tattoo erzählte ich meinem alten Kumpel Bergsch`se Richard kürzlich noch einmal den uralten Witz von dem Mann der RUMBALOTTE auf seinem Penis tätowiert hatte. Im eregierten Zustand konnte man RUHM UND EHRE DER BALTISCHEN FLOTTE lesen. Ritchie arbeitet genau wie Ullas Tochter Martina im Operationssaal und erzählte von einem schönen Tattoo eines Patienten. Während der Operation am Unterbauch-Bereich las man folgende Worte, die halbkreisförmig direkt über dem männlichen Geschlechtsorgan standen: „NUR FÜR ZARTE LIPPEN!"

Anfang August 2011 besuchte ich mit meinen alten Gymnasium-Freunden unsere berühmte Annakirmes. Wie jedes Jahr arbeiteten wir uns von Bierbude zu Bierbude, besuchten einige Fahrgeschäfte, aßen leckeres, fettiges Zeugs und hatten einfach nur sehr viel Spaß. Die Kirmes war wie immer durch eine Menschenmasse überfüllt und nach einigen Stunden nahmen wir noch ein Abschiedsbier an einer der letzten Tränken. An den großen Stehtischen standen wir natürlich mit vielen

auch unbekannten Menschen zusammen. Ich verteilte ein Tablett Getränke an meine Begleiter und schenkte die letzten zwei Bier noch einem jungen Pärchen, das scheinbar sehr gelangweilt direkt neben mir stand. Beide schauten mich verwundert an, doch ein aufmunterndes „Los, trinken!" entspannte ihre Gesichtszüge. Damit das junge Glück nicht so verschüchtert bei uns stand, machte ich das, was ich immer in solchen Situationen mache: Smalltalk. Der weibliche Part des Pärchens stand direkt neben mir und ich fragte:
„Liebelein, wo kommt Ihr denn her?"
„Das sage ich besser nicht!" antwortete sie.
Ich: „Um Himmels Willen, doch wohl nicht aus Düsseldorf!?"
Sie nun entspannter: *„Nein, nein. Aus Dresden, aber ich arbeite seit 18 Jahren in Düren!"*
Inzwischen lästerte wieder ein vorbeistreunender Bekannter in meine Richtung: „Hey, Schmitzi, seid ihr schon wieder am streiken?" Ich drückte dem Kerl ein Bier und ein kleines DFS-Give-Away (sowas habe ich immer dabe ... bin Lotsenwerber!) in die Hand, klärte ihn über seinen fatalen Irrtum bezüglich der streikenden Fluglotsen auf und machte mich bereit zu gehen, da unsere Truppe weiterziehen wollte. Wir verabschiedeten uns von dem jungen Paar und ich lallte dem Mädel noch so etwas wie: „Hey Du Hübsche, viel Spaß noch, wäre schön wenn wir uns mal wiedersehen. Tschüss!" Das war's. Einige Tage später sitzt

Bruder Volker provokant lächelnd in meinem Wohnzimmer und fragt mich nach einer Dame aus.
Noch tief im Tal-der-Ahnungslosen herumstreunend, fragte ich ihn verwundert: „Häää?"
Volker drückte mir eine Zeitungsseite der Dürener Zeitung (DZ) vom Samstag, dem 13. August 2011 in die Hand. Unter der Kleinanzeigen-Rubrik „Treffpunkt" las ich folgendes:
„Krankenschwester su. Fluglotsen. Annakirmes 3.8. Dürener Treff. Du, großer Mann, warst mit einer Gruppe unterwegs. Wir standen am Tisch zusammen u. kamen ins Gespräch. Würde Dich auch wiedersehen wollen. Vielleicht ist uns Fortuna hold, indem Du diese Zeitung aufmerksam liest u. auch bei einer Antwort nicht „streikst". Bin total gespannt u. neugierig. Zuschriften unter Chiffre".
Auch ich lese täglich die DZ, aber Kleinanzeigen interessieren mich nicht. Mein Papa hatte sie gefunden und clever kombiniert. Jeannette hatte mehrere Anzeigen in verschiedenen Blättern geschaltet. Fühlte mich natürlich sehr „gebauchpinselt", antwortete und nach knapp zwei Wochen war ich mit der zehn Jahre jüngeren Sächsin zusammen, wenn auch nur für ein lustiges Jahr. Ihre männliche Begleitung am Annakirmesabend war nur ein Arbeitskollege und sie war anscheinend sehr froh, dass eine rheinische Frohnatur für Abwechslung sorgte.

Szenenwechsel und Zeitsprung: Wir waren gerade volljährig und an den Wochenenden grundsätzlich abends im Dürener Nachtleben unterwegs. An diesem Samstagabend wollten wir zuerst ins Kino, dann in die Kneipen „Rustica" oder „Leo`s Haltestelle" und in die Diskothek „Atlantis". Einer der Dürener Kinokomplexe war wie folgt aufgeteilt: „Schauburg" (größter Kinosaal), „Die Camera" (kleinerer Kinosaal) und „Jet Studio" (schmaler Vorführraum für ca. 50 Personen).
Im „Jet Studio" wurden abends ab 22 Uhr Erotikfilme gezeigt, für die damals namentlich nicht geworben werden durfte. Die Plakate zeigten dann nur Zahlenkürzel (Bsp: Erotikfilm Nummer 42) und jeder Besucher musste aus irgendwelchen rechtlichen Gründen eine Packung Pralinen kaufen, die automatisch im Eintrittspreis enthalten war. Vor dem Kino traf ich eine Gruppe Gürzenicher Jungs und erfuhr, dass sie in einen dieser harmlosen Softpornos gehen wollten. Ihre Begründung war übrigens, dass am nächsten Tag doch Muttertag sei und man noch kein Geschenk habe. Die Pralinenschachtel wäre genau das Richtige für die Mama.

Im gleichen Jahrzehnt trafen wir, besonders im Kreise der St. Hubertus Schützenbruderschaft, auch häufig mit Robens`se Mannis älterem Bruder Günther (genannt Marschall) zusammen.

Seine Erzählungen über die Maigesellschaft und seinem Freundeskreis machten uns zehn Jahre jüngere Rotznasen hellhörig. Unvergessen bleibt mir seine angebliche Anekdote, als er zum ersten Mal die Mutter seiner schönen Lebensgefährtin Vögler`se Elke ansprach.
Marschall: *„Guten Tag Frau Fischer. Darf ich mit Ihrer Tochter fischen gehen?"* Verwundert sagte die vermeintliche Schwiegermutter: „Wieso Frau Fischer? Ich heisse doch Vögler!".
Antwort: *„Ich wollte beim ersten Mal nicht sofort mit der Tür ins Haus fallen und einen guten Eindruck hinterlassen!".* Auch Marschall war leider viel zu früh verstorben.

Zahlreiche Urlaubs-Anekdoten könnten hier noch ihren Platz finden, stellvertretend nenne ich nur folgende: Im Jahr 2006 verbrachten meine Freundin, die drei kleinen Kinder und ich unseren Sommerurlaub in Hurghada,Ägypten. In der Abenddämmerung hatten wir den Luxusbereich unseres Hotels verlassen und schlenderten durch das angrenzende Einkaufsviertel. Wie gewohnt fielen die aufdringlichen Händler über die Passanten her und versuchten ihre Waren übeteuert zu verkaufen. Ein sehr hartnäckiger Händler sprach uns schon von der Ferne an und wollte wissen, woher wir kommen. *„Where are you from? Spain, Italy, Germany or England?".*
Wahrheitsgemäß antwortete ich zum Vergnügen der Kinder: *„We`re from Jüzzenisch!".*

Prompte Antwort des Orientale: *"Oh yeah, Jüzzenisch is very famous. I`ve visited the university of Jüzzenisch!"*. Lachend gingen wir weiter. Natürlich hätte ich ihm auch den Namen einer hartnäckigen Geschlechtskrankheit als unseren Wohnort vorgaukeln können, denn auch dort hätte er die passende Hochschule absolviert.

Natürlich passieren auch während ich dieses Buch schreibe immer wieder nette Geschichten. Vor einigen Wochen kamen zeitgleich unsere beiden Rettungshubschrauber, CHRISTOPH 3 (orange) und CHRISTOPH 75 (ADAC gelb), von ihren Einsätzen zurück und begrüßten uns auf unseren Wunsch hin mit einem Tower-Fly by. Dies bedeutet, dass unsere guten Pilotenfreunde winkend an der Kanzel vorbei fliegen oder manchmal auch in unserer Augenhöhe schweben und kurz verharren. Diesmal begrüßte uns CHRISTOPH 3 noch mit einem lauten amerikanischen Heulton seines Signalhorns. Tags darauf mussten wir uns dann leider mit einer Beschwerde von der Firma UPS beschäftigen. UPS hat unterhalb vom Tower ihre riesigen Frachthallen, in denen meist zur Nachtzeit hektisches Arbeitsgetümmel herrscht. Der Signalheulton unseres orangen Rettungshubschraubers klingt genauso wie der Feueralarm der UPS-Halle und somit hatte man begonnen die Mitarbeiter zu evakuieren. Gottlob waren tagsüber nicht sehr viele Menschen in den Frachthallen, ansonsten hätte diese Begebenheit übel ausgehen können.

ZUKUNFTSPLÄNE
(Enns luure watt kütt)

Spätestens wenn ein Fluglotse 55 Jahre alt ist, soll er sein Mikrofon hinlegen und in die Übergangsversorgung gehen. Einige Kollegen nutzen diese Art Vorruhestand sogar schon mit 52 Jahren, andere könnten, solange der Fliegerarzt keine Einwände hat, noch länger arbeiten. Diese individuelle Entscheidung trifft jeder Kollege selbst, da sie auch Einfluss auf die finanzielle Übergangsversorgung bis zur Rente hat. Verhungern wird keiner von uns, denn die soziale und monetäre Absicherung ist wirklich genial und beneidenswert. Kann Ihnen nur empfehlen, sorgen Sie für eine gute Schulbildung Ihrer Kinder und schicken Sie sie dann zum Fluglotsentest.
In wenigen Jahren soll auch ich meinen Fluglotsen-Job an den berühmten Nagel hängen, eine im Augenblick recht grausige Vorstellung, da ich total gerne arbeiten gehe. Als Halbstarker war ich noch der Meinung, mit 50 Jahren ist man tot, heute bin ich überzeugt, erst mein halbes Leben gelebt zu haben. Meine Freundin Ulla und ich haben eine irrwitzige Wette laufen: „Wer zuerst stirbt, der muss dem anderen eine Kiste Bier ausgeben!" Denken Sie mal drüber nach.
Nun, in der Zwischenzeit plane ich mein Leben „nach dem Tower" und „vor der Urne".
Vorstellen könnte ich mir, einige Jahre als

Lehrer an der Flugsicherungsakademie in allen möglichen „Simulations-Runs" den Studenten Bluthochdruck zu bescheren.

Gastlehrer an der Akademie in Langen!

Ob die DFS jedoch weiterhin ältere Fluglotsen hierfür anwirbt ist augenblicklich sehr ungewiss. Ein reiner Bürojob bei der DFS ist für mich dagegen genauso erstrebenswert, wie eine Darmspiegelung mit einem Feuerwehrschlauch. Kollege Charlie Muth geht einige Jahre vor mir zurück in die freie Wildbahn, falls er nicht vorher von der Tower Brüstung gefallen ist oder vom Hubschrauberrotor zerfetzt wurde (Insidergeschichte, nicht für die Allgemeinheit bestimmt). Unser beider schon erwähnter Lieblingsfilm „Ruby und Quentin, ..." animierte uns seit Jahren, doch auch eine Kneipe in Montargis südlich von Paris zu eröffnen. Jedoch glaube ich nicht an diesen neuen Lebensabschnitt, da ich kein Französisch kann und ein Job im Servicebetrieb viel zu stressig ist.
Aber machen Sie sich keine Sorgen um mich, denn ich habe schon viele Ideen für die Zeit nach der DFS.
Zuerst wären da natürlich meine Kinder. Gerne unterstütze ich die Drei durch meine Arbeitskraft bei Ihren Wohnraumgestaltungen oder Hausideen. Ebenfalls sehr gerne verwöhne und beaufsichtige ich zukünftigen Enkelkindern; jedoch auch hier im vernünftigen Rahmen.
Nach tatkräftiger Unterstützung bei sämtlichen Kindergarten-, Grundschul- und weiterführenden Schuljahren der drei Kleinen habe ich meine Pflicht voll und ganz erfüllt.

Dreimal kompletter Schwimmunterricht bzw. Fahrradfahren beibringen, drei Kommunionen, viele Geburtstagsfeiern, Urlaube usw.; da braucht sich niemand zu beschweren.
Meist war ich alleinerziehender Vater, habe tausendfach Essen bereitet, gewaschen, gebügelt usw.; jawohl, jetzt seid ihr erwachsen und müsst selbst ran! Lauras Liebster, Schruff`se Chris und Tims Angebetete, Schuhmacher`se Jenny, würden auch nicht wollen, dass ich diesbezüglich Sorgenfalten bekäme! Aber, wie schon erwähnt, der liebe zukünftige Opa Dietmar hilft gerne aus, wenn er Zeit hat. Das mit dem „Zeit haben" klappt natürlich nur, falls ich nicht gerade eine meiner folgenden Ideen verwirkliche.
Mal sehen, was mir so Spaß macht: Irgendein Bauvorhaben wird auch zukünftig, abhängig von meinem Fitnessgrad, erfüllt werden. Außer Umbauten durchzuführen, gehören auch kleinere Projekte, wie ein aufgepimpter Bollerwagen für den Vatertag oder Utensilien für den Rosenmontagszug zu basteln, dazu. Endlich werde ich den Kettensägen-Schein machen und mit der Genehmigung des Försters ordentlich Brennholz aufbereiten.
Auch der einfache Taucher-Lehrgang interessiert mich, denn den Schnorchel-Schein habe ich schon und seit dem schönen Ägypten-Urlaub reizt mich die tiefergelegene Unterwasserwelt.

Gerne darf man mich als Wahlhelfer anlernen oder zu ehrenamtlichen Projekten unserer Stadt anheuern.
Warum nicht als Schöffe bei Gericht tätig werden, falls man mich hierzu befähigt sieht?
Für immens viele Filmprojekte werden regelmäßig Komparsen gesucht und sollte das Drehbuch vernünftig sein, dann können Sie mich gerne buchen. Die knapp 55 € pro Drehtag lasse ich mir doch nicht entgehen und wenn ich dann noch alle paar Wochen in der Uni-Klinik Thrombozyten spenden gehe (auch 50 €), dann kann ich mein Schatzi regelmäßig lecker zum Essen ausführen.
Natürlich werde ich auch über unterstützende Vereinsjugendarbeit nachdenken, eine Zeit lang als ehrenamtlicher Helfer in der Dritten Welt zur Verfügung stehen und wieder VHS-Vorträge zum Thema Flugsicherung halten.
Sollte wirklich Langeweile aufkommen, dann erfreue ich mich kurzzeitig an Puzzeln, Rätseln oder kleineren Reparaturarbeiten.
Der berühmte Ulli Stein hatte mal eine nette Bastelidee: Ein kleiner Klingelknopf innerhalb einer gespannten Mausefalle, darunter ein Zettel mit der Aufschrift *„Zeugen Jehovas, bitte hier klingeln!"* Könnte ich auch nachbasteln, obwohl der zeitliche Aufwand eher lächerlich ist.
Meine alte Comic-Sammlung muss auf Vordermann gebracht und auch die externen fotoüberflutenden Festplatten ordentlich geordnet werden.

Erwähnte ich schon meine sportlichen Absichten, damit meine Wuppe kleiner wird? Morgens regelmäßig schwimmen gehen ist doch nett, oder?! Tolle Rad- und Wandertouren werde ich gerne weiter organisieren, aber ich will auch an einer Smooth-Jazz/Soul-Kreuzfahrt in der Karibik teilnehmen. Da wir gerade beim Reisen sind: Es gibt noch viel zu entdecken, ob als Bildungs-, Aktiv- oder Fernreiseurlaub.
Seit ich denken kann hat mich schon immer gestört, dass die Gürzenicher Kirche keine Kirchturmuhr hat. Sollte in einigen Jahren dieses Gebäude noch als Kirche und nicht als Kletterhalle oder Disco genutzt werden, überlege ich mir mal eine passende Sammelaktion für die neue Uhr.
Wussten Sie eigentlich, dass der Urgroßvater (mütterlicherseits) meiner Kinder Gerhard Zucker war? Gerhard Zucker hat die Postrakete erfunden und zwischen 1930 und 1960 die Pioniere der Raketenforschung unterstützt. Schauen Sie mal auf Wikipedia unter seinen Namen nach oder forschen Sie auf englischsprachigen Seiten unter Jerry Zucker. Im Auftrag seiner Frau habe ich in den 90er Jahren viele Anfragen internationaler Luftfahrtmuseen (z.B. Smithonia Museum/USA) beantwortet und mit zahlreichen Brief- und Vignettenmaterial versorgt. Tatsächlich wurde sogar ein Kinofilm namens „Rocket Post" mit internationalen Schauspielern verfilmt, der bisher leider nicht in Deutschland aufgeführt

wurde. Die DVD habe ich jedoch! Ich sollte vielleicht ein Buch über Gerhard Zucker schreiben; falls ich Zeit finde!

Zudem muss ich noch viele Menschen im näheren Umfeld besser kennen lernen. Ich hatte immer gedacht, ich würde schon die Hälfte der Dürener Bürger kennen. Seitdem ich mit Freundin Ulla zusammen bin ist mir klar, die kennt die andere Hälfte!
In meinem Freundeskreis gibt es da noch den Wirtz`se Uwe, der scheinbar jede Kneipe von Köln kennt. Vielleicht kann ich ihn dazu animieren, dass er einen „Minderheiten-Kneipenführer für Pilstrinker in Kölsch Kneipen" schreibt. Die Bitburger Fans Fuchs`se Hansi und Zimmerbeutel`se Martin wären ihm dankbar.
Hoppla; auf meiner zukünftigen Urnen-Gedenktafel gehört ja noch der QR-Code, der zu meiner fetzigen Internetseite führen wird. Muss natürlich noch diese Seite erstellen, Multimediashow wird super … Versprochen!
Dies war nur eine spontane Ideensammlung zum Thema: „Was mache ich in meinem Vorruhestand?" Die Liste ist noch lange nicht beendet, denn ich bin für viele Dinge offen und gespannt was noch so passiert. Sollte jedoch „Körperwelten-Erfinder" Gunther von Hagens per Annonce einen „Jungen Mann zum Mitreisen" suchen, so enthalte ich mich dezent.

Epilog *(Fott domett)*

Kaum zu glauben, aber dieses Buch wurde noch vor dem neuen Berliner Flughafen fertiggestellt, obwohl dieser acht Jahre vor meinen Zeilen Baubeginn hatte.
Tatsächlich fallen mir noch immer wieder „neue" alte Anekdoten und Geschichten ein, die ich aus der Müllhalde des Vergessens ausgraben konnte. Manchmal überrumpeln mich kleine Erinnerungsfunken im Schlaf, die am nächsten Morgen leider schon verglüht waren. Einige wenige Funken konnte ich rekonstruieren:
Das ich als kleiner Junge im Café Weingartz bei Tante Gerda die Kugel Eis für zehn Pfennig kaufen konnte oder mir einmal als Messdiener vom vielen Weihrauch schwenken kotzübel wurde. Wie mein Freund Welter`se Gerd im vierten Schuljahr mit der Klassenlehrerin Frau Hentschel überzeugend debattierte, dass er gehört hat, dass eine Frau nur durch küssen schwanger wurde. Gottlob hat mich das BRAVO-Dr Sommer-Team richtig aufgeklärt. Lange hatte ich als neunjähriger Junge über folgende Buchstabenzeile gerätselt, die beim Wirt Schulz`se Fränz über der Theke hing: HEESTONDIEDIEIMMEHEESTONUNNIEMIEJ OON. Mein Papa erklärte mir, dass dies „Hier stehen immer die, die immer hier stehen und niemals gehen" bedeutet und spaßeshalber zusammengeschrieben wurde.

Schon als Grundschüler schaute ich total gerne Kinofilme und war an jedem entsprechenden Donnerstagnachmittag beim „Film der Jugend" in unserem Jugendheim. Traditionsgemäß wurde im damaligen Süßwarengeschäft Kuck „jett zo schnütze" (Süßigkeiten) gekauft. Einmal fand ich ein Zwei-Pfennigstück und eilte in den Laden, um mir zwei Brausebonbons zu kaufen. Die arme alte Frau Kuck kam extra eine Treppe hinunter gehumpelt und sagte mir liebevoll: *„Jüngelche, wör ävve schöner jewess, wenn de ett nää`ste Mol dree Brökchere köfst!".* Erst später erkannte ich den verzweifelten Sarkasmus hinter dieser Aussage. Die arme Frau; tut mir leid. Spätere Kinobesuche fanden stets natürlich auch in den Dürener Kinos statt, der großen Schauburg und dem UT-Kino, welche jeweils in drei „Unterkinos" gesplittet waren. Ein Erinnerungsfunke sieht mich immer gespannt darauf warten, ob denn vor dem Hauptfilm ein interessanter Vorfilm (so etwas gab es früher) kommt oder nur eine extrem langweilige Reportage mir die Zeit stiehlt. Plötzlich macht das Gehirn einen ordentlichen Zeitsprung und ich habe Gedankenfetzen von einem Karnevalsball (wieder) im Saal der Gaststätte vom Schulz`se Fränz. Der Thekenjunge Dietmar muss morgens um drei Uhr mal schnell auf die Toilette und beobachtet, wie der Betrunkene am Nachbarurinal den Desinfektions-Klostein in der Hand betrachtet, diesen in den Mund nimmt und anschließend

angewidert ausspuckt: *„Verdamp, dat es joh jar keene Ma`zipaan! Suerei!".*
Alkoholgeschichten gab es in der Sturm-und-Drang-Zeit etliche. Gute Freunde und ich besuchten in mehreren Jahren besonders gerne am 24.12. unsere Lieblingskneipe „MAX" (heute als detailgetreuer Nachbau auch auf der Annakirmes zu bestaunen). Ab Mittag wurde die Eingangstür dann abgeschlossen und es gab Freibier. Angeheitert standen wir Stunden später trotzdem in der Christ-Mette in Gürzenich und man hat uns nie etwas angemerkt.
Hoffentlich bin ich in diesen vielen Kapiteln niemandem auf die Füße gestiegen und habe ihn verärgert. Falls doch, so tut mir dies aufrichtig leid und werde die Verärgerung gerne bei einem gemeinsamen Bierchen lindern.
Natürlich kann ich auch nicht alle Menschen in meinem näheren und weiteren Dunstkreis erwähnen. Wahrscheinlich kommt auch die eine oder andere befreundete Person auf mich zu und sagt: „Hey, Du Flachpfeiffe, warum hast Du nicht über Geschichte X oder Situation Y berichtet?" Ganz einfach: Ich hatte diese Story bei meinem Rückflug in der Zeit nicht auf dem Radarschirm. Sehen Sie … es fängt mit der Demenz schon an; gut dass ich diese Zeilen geschrieben habe!
Meine abschließenden persönlichen Wünsche sind folgende: Hoffentlich bleiben uns unsere lieben Eltern noch recht lange und gesund erhalten! Meine Brüder und ich haben es Euch

nicht immer leicht gemacht (drei Scheidungen, aber fünf Hochzeiten durftet ihr durch uns ertragen).
Aus mir wird auch in Zukunft kein Gourmet werden, ich bleibe Gourmont und bevorzuge die Bratkartoffeln dem Trüffel-Paffet. Golf spielen oder neue teure Limousinen kaufen sollen ruhig die Statussymbole der Anderen bleiben, ich weiß wo ich her komme und bin stolz darauf.
Jeder soll im religiösen und politischen Sinne an das glauben was er möchte, aber keiner soll dem anderen seinen Glauben aufzwingen.
Hoffentlich tolerieren sich die Menschen immer mehr und leben friedlich miteinander.
Es ene Ve`sooch wäät!

Kleine Kölsch–Deutsch–Auffrischung für Immis und den Rest der Menschheit:

ahl	=	alt
ahle	=	alte
ald	=	hier: schon
Alaaf	=	Rheinischer Karnevalsgruß
Angere	=	die Anderen
Angere Ümständ	=	andere Umstände (hier: schwanger sein)
ansunste	=	ansonsten
Apothek`	=	Apotheke
Änglisch	=	Englisch
ävver	=	aber
beem	=	beim
beklopp`	=	verrückt
ben	=	bin
bliev	=	bleibt
bloodisch	=	blutig
Bröder	=	Brüder
Brökchere	=	hier: Bonbons
bruch	=	brauch(en)
Daach	=	Tag
dann	=	denn
dat	=	das, dass
dä	=	da, nun siehst Du es
de	=	du; der, die, dem, den
de`	=	der, den
dech	=	dich
deet	=	tut
dehdet	=	tut es
demm	=	dem
disch	=	dich, auch: Du
do	=	da (dann)
doheem	=	daheim
domet(t)	=	damit
donn dat	=	mache das
dreckelije	=	elender, widerlicher
dreemol	=	dreimal

Dress	=	Scheiße
Drinkste	=	trinkst Du
Duudegrääver	=	Totengräber
Duusel	=	Glück (Glück im Unglück)
eijentlisch	=	eigentlich
em	=	im
emme`	=	immer
ene	=	einen, einer (eine)
ens	=	mal
eraff	=	runter
es	=	ist
esset	=	ist es
esuwigg	=	soweit
et	=	es, das
Fählere	=	Fehler
fenge	=	finden
Fierrovend	=	Feierabend
Floochhaave	=	Flughafen
Floochzeusch	=	Flugzeug
fott	=	weg
Froleenche	=	Fräulein, Mädchen
Frööschoppe	=	Frühschoppen
fuhl	=	faul
hadder	=	habt ihr
halev	=	halbe
halve (Hahn)	=	halb(es) (Käsebrötchen)
Halvjehang	=	unordentlich gekleidete Menschen
hann	=	habe, haben
hannse	=	haben sie
hässe	=	hast Du
hätt	=	hat (hier: ist)
hee	=	hier
Heimot	=	Heimat
hinge	=	hinten
hott	=	hatten
Höhner	=	Hühner
hück	=	heute
Immis	=	Zugezogene

isch	=	ich
loss	=	los
jaanz	=	ganz
jar (keene)	=	gar (keine/keiner)
Jäck	=	Verrückter, Narr
jätt	=	etwas
jeck	=	verrückt (sein)
jeht	=	geht
jejange	=	gegangen
jeklappt	=	geklappt, gelungen, funktioniert
jeklaut	=	gestohlen
jekumme	=	gekommen
Jeld	=	Geld
jemaat	=	gemacht
jerechnet	=	gerechnet (vermutet)
jesaat	=	gesagt
jett	=	etwas, ein bisschen
jewess	=	gewesen
jlöövst	=	glaubst
jo	=	ja
joht	=	gut
Jong	=	Junge
Jood	=	Jod (zum desinfizieren)
joode	=	gute
joot	=	gut
jrööß	=	grüße (mir)
jruße	=	große
Jüngelchen	=	kleiner Junge
Jüzzenich	=	Gürzenich
Jüzzenicher	=	Gürzenicher
kalle	=	reden, sprechen
kannste	=	kannst du
kapott	=	kaputt
Keal	=	Kerl
keene	=	kein (e)
kenne	=	kennen
Kiddel	=	Kittel
Kinge/Kenge	=	Kinder

Kleed	=	Kleid
Kleedche	=	Kleidchen
kloar	=	klar
Kopp	=	Kopf
köfst	=	kaufst
krisse	=	bekommst du
Krom	=	Kram
kumme	=	komme(n)
küss	=	kommst
kütt	=	kommt
Kwatsch	=	Quatsch
laachste	=	lachst
lääcke	=	lecker
läv	=	leb`, lebe
leeve	=	lieber
ligge	=	leiden, gerne haben
Loodse	=	Lotse(n)
loss	=	lass
Lück	=	Leute
maach	=	mache
maach disch foot	=	verschwinde
Maijong	=	Mai-Junge
Maikönnisch	=	Mai-König
Ma`zipaan	=	Marzipan
Mädsche	=	Mädchen
me	=	wir, man, uns
mer	=	mir, wir
meng (e)	=	meine (e)
met(t)	=	mit
Minsch	=	Mensch
Mol	=	Mal
Morje	=	Morgen
moss	=	muss, musst
mosse	=	musst Du
mößt	=	müsst
nauch	=	noch
nää	=	(ach) nein
nääste	=	nächsten
nää`ste Mol	=	nächstes Mal

nit(t)	=	nicht
nix	=	nichts
no`	=	nach
nu`	=	nun (hier: nur)
nühß	=	nichts
och	=	auch
ode`	=	oder
Oecher Platt	=	Aachener Dialekt
off	=	oft
op	=	auf
ov(v)	=	auf
Ovend	=	Abend
ovens	=	abends
Pack	=	(negativ) Meute, Gruppe
Pap	=	Vater, Papa
Platt	=	Dialekt
Plüme	=	Fransenspitze an Karnevalskopfbedeckung und Krepppapier im Maibaum
Puut	=	freches Kind, Rotznase
ratsch-jeck(e)	=	total verrückt(e)
rächne	=	rechne
Remmel	=	Rammler (Maipolizei)
ren	=	rein
Ringland	=	Rheinland
Schnüss	=	Mund, Schnauze
Schold	=	Schuld
schöön	=	schön
schnütze	=	Süßigkeiten essen, naschen
Schröpp	=	Prügel
schwaad	=	rede, quatsche
Schwachmat	=	Kleingeistiger
selvs	=	selbst
senge	=	(sein) seine
sid	=	sehen
sin`	=	sind
singe	=	singen
Steck	=	Stock

Stickel(e)	=	Stange(n) zum Anheben des Maibaumes
Stond	=	Stunde
Stroßeverkier	=	Straßenverkehr
su	=	so
Suerei!	=	Sauerei
suffe	=	trinken, saufen
sulang	=	solange
sull(e)	=	soll(en)
suvell	=	zu viel (e)
suwiesu	=	sowieso
Tach	=	Tag, Guten Tag
Törmsche	=	Türmchen
un`	=	und
unnötije	=	unnötige (r)
Uselle	=	unordentlich aussehender Mensch
usjekloppt	=	ausgeklopft, versteigert
uss	=	aus
vann	=	von
verbodden	=	verboten
verdamp	=	verdammt
verschangeliere	=	versauen, entstellen
verschliehse	=	verschleißen (hier: so nehmen wie)
verschunge	=	verschwunden
verstäht	=	verstehen
Ve`sooch	=	Versuch
Ve`zäll	=	Erzähl, haltloses Gerede
Vuhl	=	Vogel
vun	=	von
Wasse`	=	Wasser
wat	=	was
wääde	=	werden
wäät	=	wert
wedde	=	wieder
weegere	=	weiter
wees	=	weiß (von Wissen)
wellste	=	willst (Du)

wischtisch	=	wichtig
wor	=	war
wör	=	wäre
ze	=	zu
Züscholojie	=	Psychologie

Quellen-Nachweis und Copyrights:

„Dat dehdet och" von Thomas Kirschgen; Verlag books on demand, ISBN-0: 3732299899

„Oma Jertrud" von Dieter Hermann Schmitz; Verlag Mainz Aachen, ISBN-13: 9783896530134

„Ruby & Quentin – Der Killer und die Klette" (2003); Splendid Film WVG

„The Big Bang Theory „on Chuck Lorre & Bill Prady; Warner Bros Television + Chuck Lorre Production; seit 2007 bei CBS

„Ich ben `ne Räuber" (1979) von De Höhner (Copyright Peter Horn-Peters)

„Lautlos" (2000) von Frank Schätzing, Emons Verlag, ISBN3897052113

Abschließend ein ganz besonderer Dank an:

die drei Haupt-Cartoonisten
STEFFIE MATTEY, DANIEL HOETTE und
CHARLY MUTH;

Computerbearbeitung
TIM SCHMITZ;

sowie meine kritischen Probeleser und Hilfs-Lektoren
ALEXANDRA PAPE, LAURA SCHMITZ und
THOMAS KIRSCHGEN !